현장비평가가 뽑은 **2010**
올해의 좋은 시

현장비평가가 뽑은 **2010**

올해의 좋은 시

강성은 강 정 고영민 고형렬 김경주 김기택 김명인 김민정 김사인 김선우 김소연 김승일 김신용 김 언 김영승 김중일 김행숙 김혜순 남진우 마종기
문태준 민 구 박상순 박성준 박희수 반칠환 백무산 서대경 성미정 손택수 송경동 송재학 송찬호 신영배 신용목 신해욱 신현정 심보선 위선환 유홍준
윤의섭 이근화 이기성 이기인 이병률 이성복 이수명 이승원 이영광 이 원 이윤학 이장욱 이현승 장옥관 정 영 조동범 조연호 조용미 조인호 조창환
조혜은 진은영 최금진 최승호 최정례 하재연 함성호 허수경 허 연 황동규 황병승 황성희

현대문학

현장비평가가 뽑은
'올해의 좋은 시'를 선정하고 나서

모든 훌륭한 예술작품에는 최소한 다음 세 가지 종류의 가치가 따로, 또 같이 존재한다.

물론 시의 경우도 그렇다.

첫째는 인식적 가치다. 훌륭한 예술작품은 인간과 세계에 대해서 우리가 미처 몰랐던 무언가를 알게 한다. 그 '무언가'는 과학, 철학, 종교 등이 제공하는 인식적 가치와 함께 갈 수도 있고 그것들을 거스를 수도 있지만, 최상의 경우에는 그것들과 무관한 곳에서 독자적으로 존재할 수 있다. 그 경우 그 인식적 가치는 과학, 철학, 종교의 언어들로 잘 번역되지 않을 것이다. 좋은 시에서 인식적 가치는 그 시 안에서만 존재할 수 있다. 그때 시는 내용물을 꺼내려 하면 부서지고 마는 항아리와 같다.

둘째는 정서적 가치다. 훌륭한 예술작품은 우리를 기쁘게 혹은 슬프게 한다. 기쁨이 필요한 사람에게 기쁨을, 슬픔이 필요한 사람에게 슬픔을 제공하는 것이 일반적으로 시에 요구되는 것들이다. 그러나 어떤 경우에 시는 기쁨을 슬프게 하고 슬픔을 기쁘게 해서 낯선 정서를 창출해내기도 한다. 그 경우 우리는 익숙한 정서를 시에서 재확인하는 것이 아니라 시가 제공하는 낯선 정서에 서서히 젖어들어가게 될 것이다. 어떤 정서는 특정한 시인의 특정한 시 안에서만 느낄 수 있다. 시는 정서의 창조다.

셋째는 미적 가치다. 훌륭한 예술작품은 아름답다. 시의 경우 그 아름다움은 대개 모국어의 조탁彫琢과 선용善用에서 생겨나는 아름다움이고 내용과 형식의 긴밀한 조화가 뿜어내는 아름다움이다. 그러나 어떤 경우에 시는 우리가 흔히 아름답다고 생각하는 것을 전복하는 추의 미학을 보여주기도 하고 미와 추를 분별하기조차 어렵도록 심드렁한 방식으로 이상한 아름다움에 도달하기도 한다. 아름다움을 더욱 아름답게 하는 아름다움도 아름다움이지만, 아름다움이 무엇인가를 생각하게 하는 아름다움도 아름다움이다.

2009년 6월부터 2010년 5월까지 1년여 동안 발표된 작품들 중에서 위의 기준에 부합하는 시들을 골랐다. 각자의 취향이 작품선정에 개입했을 것이고 그 때문에 자연스럽게 특정세대와 성향에 편중되지 않은 추천작 목록이 만들어졌다. 이를 놓고 다시 세 사람이 오랜 시간 토론해서 지금과 같은 형태의 책을 만들었다. 가급적이면 개인 시집이나 기타 앤솔러지에 묶인 적이 없는 작품들을 수록해서 독자들의 선택의 폭을 넓혀드리려 했지만 '올해의 좋은 시'라는 타이틀에 오롯이 부합하는 책을 만들기 위해서 가끔은 그 원칙도 과감히 포기했다.

이 책에 수록돼 있는 시들에는 어떤 식으로건 앞서 말한 세 가지 가치가 포함돼 있겠지만 그 가치가 전달되는 방식은 제각각일 수 있다. 그것이 먼저 찾아오기 때문에 마중을 나가기만 하면 될 때도 있고, 독자가 그것을 만나기 위해 낯선 길을 더듬어 찾아가야 할 때도 있을 것이다. 그것이 분명하게 눈에 보여서 편안하지만 그래서 재미가 덜할 때도 있겠고, 너무 희미해서 과연 그것이 있기는 한가 수상쩍어 보일 때도 있을 것이다. 대개 전자를 '고전적'이라 하고 후자를 '실험적'이라 한다. 그러나 오늘의 고전은 어제의 실험이었고 오늘의 실험은 내일의 고전이 될 수 있다.

그러니 열린 마음으로 한국시의 넓이를 가늠해보시길 바란다.
그것이 곧 우리 삶의 넓이이기도 할 것이다.

2010년 7월
선정위원 | 이남호 · 문혜원 · 신형철

현장비평가가 뽑은 **2010**
올해의 좋은 시

차례

세계의 끝으로의 여행

강 성 은

세계의 끝으로 가는 기차를 탔다
나의 반대편에 큰아버지가 잠들어 있었다
기차가 당도한 곳은 거대한 바다였다
많은 사람들이 기차에서 내려 환호했다
이곳이 세계의 끝이구나
이곳이 우리가 도달할 수 있는 마지막이구나
우리는 기차에서 내려 식당에 들어갔다
큰아버지는 내가 흘린 국수를 젓가락으로 천천히 집어 먹었다
왜 그런 걸 드세요
왜 떨어진 걸 주워 드세요
나는 세계의 끝까지 와서
내가 흘린 국수를 먹는 큰아버지 때문에 화가 났다
큰아버지는 말이 없었다
큰아버지는 원래 이런 사람이죠
오랜만에 만난 조카에게 손목시계를 끌러 주고
동생을 너무 많이 닮은 조카를 보고 뒤돌아서 우는.
제발 좀 다른 양복으로 갈아입으세요
그 낡은 양복을 입고 세계의 끝까지 왔나요
큰아버지는 내 말에 개의치 않는다는 듯

바닥에 떨어진 것까지 우아하게 젓가락으로 집었다
수많은 사람들이 바다로 뛰어들었다
끝의 끝을 보겠다는 듯 환희에 찬 얼굴로 물속으로 가라앉았다
우리 관광의 마지막 코스는 그것이었다
우리는
국수를 먹었다
식당 밖의 풍경이 아득하게 멀어져 갔다

세계의 끝으로 여행을 떠났다. 목적지에 도착하자 사뭇 다른 두 가지 풍경이 펼쳐진다. 대부분의 사람들은 세계의 끝에서 환희가 넘치는 '환상적인' 자살을 시도하는데, '나'와 큰아버지는 두 사람이 자주 연출했을 법한 지극히 '일상적인' 행위에 조용히 전념한다. 큰아버지는 동생을 대신해 조카를 보살피고 조카는 그런 큰아버지가 고마우면서도 불편하다. 환상적인 배경을 뒤로하고 벌어지는 일상적인 삶의 풍경. 그래서 그 일상성이 더 애틋하고 아련하게 느껴진다는 것, 이게 이 시의 포인트일 것이다.

이런 시를 앞에 두고, 왜 세계의 끝일까, 사람들은 왜 죽는 것일까, 거기서 왜 하필 국수를 먹나 등등의 질문을 던지는 것은 사실 거꾸로 묻는 것이다. 실제로 시가 제작된 순서는 그 반대일 것이기 때문이다. 여느 때처럼 큰아버지와 국수를 먹었다, 큰아버지는 "원래 이런 사람"이었다는 생각이 든다, 세상이 어떻게 돌아가건 이 풍경은 앞으로도 변함이 없을 것 같다, 그런데 오늘은 이 느낌이 각별하다, 마치 세계의 끝에 와 있는 것 같다…… 아마도 생각은 이런 순서로 진행되었을 것이다. 그러니 이 '세계의 끝'이 어딘지 물으면 안 된다. 그것은 지리적인 한계가 아니라 정서적인 극한을 뜻할 테니까. 반복되는 일들에서도 미세한 차이가 존재하기 마련이다. 그날 큰아버지와의 만남은 겉으로 보기에는 여느 때와 다를 바 없는 만남이었지만 '나'는 기억해둘 만한 어떤 차이를 분명히 느꼈다. 그 차이가 시인들에게 시 쓰게 한다. 그 차이를 정확히 전달하기 위해서 환상적인 세팅('세계의 끝')이 필요했을 것이다. 시에서 환상은 역설적이게도 사실(느낌)에 더 충실하기 위해 동원되는 경우가 있다.

강 성 은
1973년 경북 의성 출생.
2005년 『문학동네』 등단.
시집 『구두를 신고 잠이 들었다』.

不 具

하늘을 날아야 할 새가 가랑이 사이를 간질이다가
세상에서 가장 음습한 곳으로 멋모르고 날개 접었다

그건 정말 새일까?

모든 순간 나는 내가 아는 전부를 의심한다
내가 기울이는 술잔과
내가 썼던 詩들과
시들시들해진 내 욕망이
발가벗긴 내 모든 기억까지도

그건 정말 나일까? 또는 나였을까?

의심은 천분보다 거역 못할 양심의 본성이다
내 필사적인 誤聞들이 규정했던 미래가 과거의 희극인 줄 미처 몰
랐었다

새가 아랫도리에 누워 벌벌 떤다
날아봤던 기억이 없는 날개를 자른다

구름은 파랗다
하늘이 파랗다고 생각했던 게 오래된 착각이듯
나는 세상에서 가장 음습한 곳으로 마치 날개를 가진 네발짐승인
양
뺄쭘하게 기어간다
투 머치를 경상도식으로 뭉개면 마치가 된다
모든 직유는 슬프다
모든 날개는 불쌍한 농담이다
기어가는 게 나는 것보다 어렵다
그럼에도,
바닥까지 가보려는 마음이 하늘을 더럽힌다
그 더러움이 깨끗하다

새를 죽였다
그 새는 자기가 죽었는 줄 모른다

하늘이 파랗다
모든 게 거짓말이다

비로소 새가 난다
웃자

해 설　문혜원

　　제목이 왜 "不具"일까? 이 시 어느 곳에도 신체적 '불구'가 드러나는 곳은
없다. 불구인 것은 바꿀 수 없는 현실에도 불구하고 방법론적 의심을 계속하
는 화자의 방식이 현실에 걸맞지 않음을 뜻할 것이다. 나는 내가 아는 모든 것
을 의심한다. 하늘이 파랗고 구름이 희다는 자연적인 진실부터 나의 욕망과
기억까지도, 아는 것은 모두 거짓이거나 거짓일 수 있다고 가정한다. 그러나
이처럼 바닥부터 질문을 던지고 답변을 얻고 그에 따라 살아가도, 시간이 흐
르면 모든 것은 거짓이라는 것이 밝혀진다. 그럼에도 불구하고 나는 질문과
의심을 멈출 수 없다. 설령 의심이 모든 것에 대한 불신으로 이어져 바닥까지
추락하더라도 그 추락은 차라리 순결한 것이다. 의심하는 것만이 나의 존재
증명이다. 그러나 나의 존재를 건 필사적인 의심은 순간 현실의 논리 앞에서
무너진다. "하늘이 파랗다/모든 게 거짓말이다". 의심도 익숙해지면 매너리즘
이 되는 것이다. 파란 하늘과 하얀 구름이 떠 있는 현실에서 새가 날아오른다.
나는 처음부터 다시 의심을 시작할 것이다. 웃자.

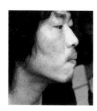

강 정
1971년 부산 출생.
1992년 『현대시세계』 등단.
시집 『처형극장』 『들려주려니 말이라 했지만』 『키스』.

독 경

고 영 민

저 꽃이 모두 져 내리면 오리라
벌과 나비를 물리고
향기를 물리고
들뜬 마음을 추슬러 나뭇가지에 가만히 푸른 잎을 매달쯤 오리라
긴 날을 지나 더 아득한 허공을 골라
아픈 몸으로 오리라

우리에게 있어 가장 아름다운 날은 아직 오지 않았다
이 저녁 나무는 꽃 위에
짙은 노을을 풀어 새로 기왓장을 굽고
흙을 이겨 붉은 지붕을 엮는다

마침내 기다렸던 이가 온다
잎에 가려진 가지 사이를 거닐며
잘 익은 과실을 따
입에 가져갈 때면
그게 꽃이었다고 말할 겨를도 없이
나뭇가지는 흔들리고
잎들은 한꺼번에 무너져 내린다

꽃이 빨리 졌으면,
벌과 나비를, 향기를 물렸으면,
꽃을 뭉개며
나무 한 그루가 환한 면벽을 풀고
엎드린 집들을 망연히 바라보며 서 있다가
어둠 속으로 간다

꽃이 어서 지기를, 그 꽃에 달려들던 벌과 나비 그리고 그 꽃의 향기마저 어서 사라지기를 바란다. 그것들은 모두 들뜬 마음이요 번뇌이기에. 꽃이 지면 푸른 잎의 안정이 찾아오긴 하지만, 그러나 푸른 잎도 아름다운 결실을 위한 과정일 뿐이다. 열매는 그다음에 온다. 열매가 맺으면 푸른 잎들도 나무를 떠난다. 어지러운 꽃은 그렇게 열매가 되었다. 이것이 나무의 득도得道인가? 이를 위해서 나무는 늦은 봄날 애써 꽃을 떨어뜨리려 하고 있다. 꽃도, 벌과 나비도, 향기도 빨리 사라져야 도에 이르는 길이 가까우니, 나무의 독경은 꽃이 지고 열매가 맺기를 바라는 염원일 것이다. 색과 향을 멀리해야 도에 가까워지노니.

고 영 민
1968년 충남 서산 출생.
2002년 『문학사상』 등단.
시집 『악어』 『공손한 손』.

풀이 보이지 않는다

고 형 렬

어느 날 풀이 보이지 않는다, 나는 놀란다

풀들에게 눈이 있었다, 계속 풀을 뽑아 던지자 풀들이 눈치가 생겼다
풀들은 없어진 것이 아니고 어딘가로 숨는다, 나는 처음엔 은유를 알지 못했다

풀들은 나의 발자국 소리를 들으면 지금도 두려움에 떤다

풀들을 찾는다, 풀들이 보이지 않는다, 풀들이 사라졌다, 풀들은 영민해지고 나의 눈은 어리석어졌다, 낮 속에서 풀들은 밝아지고 나의 눈은 어두워진다
이 둘은 끝없이 도망하고 추적한다

나는 풀들에게 모든 것을 노출한 채 잔디밭에 앉는다, 한숨 쉰다

풀들은 광선 같은, 어둠 속 눈부처의 움직임에 존재하며 존재하지 않는다 그 법을 그들은 체득했다, 나는 제자리걸음이다

나는 이제부터 이 꿇음의 제자리걸음으로 버틸 작정이다

풀들은 보이지 않는 박테리아보다 민감하게 움직인다

그러니까 풀들은 나의 눈에서 눈 깜짝할 사이 사라진다, 하지만 나는

풀들이 어딘가에 들어가 있다는 것을 알고 있다

나는 그 나이, 이제 풀의 소리를 듣는다

해설 이남호

잔디밭에서 잡초를 뽑고 있다고 하자. 또 잡초를 풀이라고 하자. 풀을 뽑다 보면 어느새 풀이 보이지 않는다. 그것을 시인은 풀이 눈치가 생겨서 어딘가로 숨어버렸다고 생각한다. 그러다 보니 시인과 풀은 상황이 뒤바뀌었다. 한참 풀을 뽑다 보니 풀은 없어지고 잔디밭에 무릎 꿇은 시인이 마치 풀처럼 어색하게 잔디밭 위에 있다. 풀을 열심히 제거하였는데, 나중에는 시인 자신이 제거의 대상이 된다. 이렇게 시인을 풀로 만들어버리고, 사라져버린 풀은 무엇을 의미하는 은유일까? 풀의 은유를 상상하는 재미가 만만치 않다.

고 형 렬

1954년 강원도 속초 출생.
1979년 『현대문학』 등단.
시집 『대청봉 수박밭』 『해청』 『사진리 대설』 『성에꽃 눈부처』
『김포 운호가든집에서』 『밤 미시령』 『나는 에르덴조 사원에 없다』 등.

연두의 시제時制

　마지막으로 그 방의 형광등 수명을 기록한다 아침에 늦게 일어난
다는 건 손톱이 자라고 있다는 느낌과 동일한 거 저녁에 잠들 곳을
찾는다는 건 머리칼과 구름은 같은 성분이라는 거 처음 눈물이라는
것을 가졌을 때는 시제를 이해한다는 느낌, 내가 지금껏 이해한 시
제는 오한에 걸려 누워 있을 때마다 머리맡에 놓인 숲, 한 사람이 죽
으면 태어날 것 같던 구름,

　사람을 만나면 입술만을 기억하고 구름 색깔의 벌레를 모으던 소
녀가 몰래 보여준 납작한 가슴과 가장 마지막에 보여주던 일기장 속
의 화원 같은 것을 생각한다 그곳에는 처음도 끝도 없는 위로를 위해
처음 본 사람이 필요했고 자신의 수명을 모르는 꽃들만 살아남았다

　오늘 중얼거리던 이방異邦은 내가 배운 적 없는 시제에서 피는 또
하나의 시제, 오늘 자신의 수명을 모르는 꽃은 내일 자신의 이름을
알게 된다

　구름은 어느 쪽이건 죽은 자의 머리칼 냄새가 나고 중국 수정 속
으로 들어간 곤충의 무심한 눈 같은 어느 날

사람의 눈으로 들어온 시차가 구름의 수명을 위로한다

김경주의 시를 즐기려면 기존의 시 읽는 방식을 버려야 할 것 같다. 마치 직물로 만든 옷이 아니라 셀로판지로 만든 옷을 입듯이 말이다. 이 시에서는 어떤 순간(시간)의 기억과 관련된 감성적 공간 또는 이미지가 열거되고 있다. 그 독특한 화법과 그 독특한 느낌이 이 모호한 언어적 공간을 예술이게 한다. 재미있고 낯설다. 가령 "아침에 늦게 일어난다는 건 손톱이 자라고 있다는 느낌과 동일한 거"라는 재미있는 진술에 동의함으로써 비밀스런 시의 공간에 우리는 초대받았다는 은밀한 만족감을 얻는다. 그래도 여전히 알 수 없는 시이지만, 꼭 다 알아야 하는 것도 아닐 것이다.

김 경 주
1976년 전남 광주 출생.
2003년 『대한매일』 등단.
시집 『나는 이 세상에 없는 계절이다』
『기담』 『시차의 눈을 달랜다』 등.

구 직

김 기 택

여러 번 잘리는 동안
새 일자리 알아보다 셀 수 없이 떨어지는 동안
이력서와 면접과 눈치로 나이를 먹는 동안
얼굴은 굴욕으로 단단해졌으니
나 이제 지하철에라도 나가 푼돈 좀 거둬보겠네
카세트 찬송가 앞세운 선글라스로 눈을 가리지 않아도
잘린 다리를 고무타이어로 시커멓게 씌우지 않아도
내 치욕은 이미 충분히 단단하다네
한 자루 사면 열 가지 덤을 끼워준다는 볼펜
너무 질겨 펑크 안 난다는 스타킹
아무리 씹어도 단물 안 빠진다는 껌이나 팔아보겠네
팔다가 팔다가 안 되면 미련 없이 걷어치우고
잠시 빌린 몸통을 저금통처럼 째고 동전 받으러 다니겠네
껌팔이나 구걸이 직업이 된다 한들
어떤 치욕이 이 단단한 갑각을 뚫겠는가
조금만 익숙해지면 지하철도 대중목욕탕 같아서
남들 앞에서 다 벗고 다녀도 다 입은 것 같을 것이네
갈비뼈가 무늬목처럼 선명하고
아랫도리가 징처럼 울면서 덜렁거리는

이 치욕을 자네도 한번 입어보게

잘 맞지 않으면 팔목과 발목 좀 잘라내면 될 거야

아무려면 다 벗은 것보다 못하기야 하겠는가

요즘엔 성형외과라는 수선집이 있어서

몸도 사이즈가 맞지 않으면 척척 깎아주는 세상 아닌가

옷이 안 맞는다고 자살하는 것보단 백 번 나을 거야

다만 불을 조심하게나

왜 느닷없이 울컥 치밀어 나오는 불덩이 있지?

나중에야 어떻게 되건

보이는 대로 아무거나 태우고 보는 불,

시너 한 통 라이터 하나로

600년 남대문을 하룻저녁에 태워먹은 그 불 말이야

불에 덴 저 조개들 좀 보게

아무리 단단한 갑각으로 온몸을 껴입고 있어도

뜨거우니 저절로 쩍쩍 벌어지지 않는가

발기된 젓가락과 이빨들이 와서 함부로 속살을 건드려도

강제로 벗겨진 팬티처럼 다소곳하지 않는가

앞으로 쓸 곳은 얼마든지 있을 테니

일자리에 괴로움을 너무 많이 쓰지는 말게

치욕이야말로 절대로 잘리지 않는 안전한 자리라네

이것은 만유치욕시대의 생존법이다. 당신이 비정규직을 전전하다 실업자
가 되었다면, 시도와 좌절이 반복되면서 치욕에 몸서리쳤다면, 이렇게 하라.
치욕을 피하려 하지 말고 그것에 익숙해질 것. 치욕에 적응해서 그것을 갑옷
처럼 둘러 입을 것. 그러면 못할 일이 없다는 것. 치욕은 당신의 직장이 될 수
있다는 것. 특히 "치욕이야말로 절대로 잘리지 않는 안전한 자리라"는 마지
막 구절은 서글픈 아이러니로 충전돼 있는 이 시에 성공적인 마침표를 찍는
다. 누구나 알다시피 비정규직제도는 개인의 존재론적 안정감을 파괴하고 미
래 설계를 불가능하게 해서 삶을 황폐화시키는, 끔찍한 제도다. 현재 대한민
국 노동자들 중 절반은 비정규직이고 그들은 정규직 임금의 절반을 받는다.
비정규직 문제를 해결할 수 있는 예산을, 국내외 전문가들이 일제히 반대하
는 시대착오적 국책사업에 쏟아부으면서 일자리가 생길 거라고 부르짖는 대
통령보다는, 치욕을 삶의 일부로 받아들이라는 절망적인 충고를 건네는 이
시인이 지금-이곳에서는 훨씬 더 진실해 보인다.

김 기 택
1957년 경기도 안양 출생.
1989년 『한국일보』 등단.
시집 『태아의 잠』 『바늘구멍 속의 폭풍』
『사무원』 『소』 『껌』 등.

쌍가락지

김 명 인

그가 거두는 약속일까, 서쪽까지 걸어간 해가
어느새 테두리를 이울며 지고 있다
가운데를 뻥 뚫어 주홍빛 살결로 채운
가락지, 한 짝을 어느 하늘에서 잃어버렸을까
빛살을 펼쳐들고 수평선 아래로 잠겨든다

한 번도 디딘 적이 없는 저기 허구렁에
그가 뿌려놓은 또 다른 내일이 있다는 것일까
벙글어진 하늘의 목화밭
목화 따러 간 사람들은 돌아오지 않았는데
붉은 병을 던진 듯 활활활 송이송이 불타고 있다

나는, 솟아나고 가라앉으며 12억 광년 먼 회로를 따라
약속에 이끌려서 여기까지 왔다
억만년 전에 찢겨버린 흰 구름
푸른 물결로 떠밀리면서
이 모래밭에 착근하려던 한 알갱이 모래,
모든 소멸은 일몰로 간다, 다시 내장되거나
캄캄하게 태어나는 빛!

헤어지지 말아요!
해의 누이 달이 속삭이는 소리
약속을, 동쪽 끝에 걸어두었는데 어느새
혈육으로도 깁지 못하는 저녁이 왔다
이 절망은 테두리뿐인 가락지처럼 속이 환하다!

해설 이남호

쌍가락지는 가락지와 같은 말로 두 개로 된 한 짝의 반지이며, 결혼했음을
의미한다. 아직 결혼하지 못한 사람은 반가락지 즉, 하나로 된 반지를 낀다.
이 시는 해와 달을 쌍가락지로 보고 있는 듯하다. 저녁 무렵 해는 찬란한 석
양을 만들며 지고 있다. 그리고 달은 보이지 않는다. 이를 두고 시인은 "가운
데를 뻥 뚫어 주홍빛 살결로 채운/가락지, 한 짝을 어느 하늘에서 잃어버렸을
까"라고 말한다. 그러니까 시인은 지금 석양을, 지는 해를 보고 있다. 그리고
이별 후의 외로움을 말하고 있는 듯하다. 시인의 처지는 한 짝을 잃어버린 쌍
가락지와 같은지 모른다. 그러나 그 이별의 외로움을 감추고, 시인은 홀로 저
무는 둥근 해를 보면서 "이 절망은 테두리뿐인 가락지처럼 속이 환하다!"라
고 말할 뿐이다.

김 명 인
1946년 경북 울진 출생.
1973년 『중앙일보』 등단.
시집 『동두천』 『물 건너는 사람』
『길의 침묵』 『파문』 『꽃차례』 등.

뜻하는 돌

김 민 정

마라도에 갔습니다
태풍에 배 안 뜰 줄 알았습니다
해물톳짜장을 먹었습니다
수지타산에 가게 망한 줄 알았습니다
기념촬영을 했습니다
혼인빙자로 자살한 지 오래인 애인이
삼각대를 꺼내 좀 들어달라나요
어깨가 무거웠습니다
심장에 누가 돌 매단 줄 알았습니다
절이 있었습니다
돌에 돌을 얹은 게 합장인 줄 알았습니다
돌을 훔쳤습니다
가방에 壽石인 줄 알았던 애인이
공항 휴지통에 돌을 좀 버리고 오라나요

인형도 아닌 그저 돌을 말입니다

  화자는 마라도에 가서 그 고장 명물이라는 해물톳짜장을 먹고 기념촬영을
하고 태풍에 배가 안 뜨면 어쩌나 걱정하는 한가로운 여행객이다. 전환은 기
념촬영을 하는 그 순간에 일어난다. 사진을 찍어주던 애인이 생각났을까. "심
장에 누가 돌 매단 줄 알았습니다"에서부터 화자가 마라도를 찾아온 진짜 이
유가 나타난다. 이유인즉슨 애인에게 차이고 심장에 돌이 얹힌 듯 마음이 무
거워서 그 돌을 버리러 온 것이다. 돌은 가슴에 얹힌 사랑 혹은 애인이면서
동시에 자연물인 돌이다. 절에 가서 기원을 하며 돌에 돌을 얹어놓는 것은 애
인이 돌아오길 바라는 마음일 것이다. 그러나 소중한 수석처럼 가슴에 지녀
온 애인은 다른 여자와 신혼여행을 떠나며 이제 버려달라고, 자신을 잊어달
라고 말한다. 한낱 '인형doll도 아닌 그저 돌'인 주제에. 이별을 아파하며 섬
을 돌아다니는 일상적인 화자가 있고, 그것을 유쾌하게 포장하며 너스레를
떠는 화자가 있다. 그리하여 이 시는 유쾌한 신파가 된다.

김 민 정
1976년 인천 출생.
1999년 『문예중앙』 등단.
시집 『날으는 고슴도치 아가씨』 『그녀가 처음, 느끼기 시작했다』.

시간들

김 사 인

48년 9개월의 시간 K가 엎질러져 있다
코를 골며 모로 고여 있다
한사코 고체로 위장되어 있다
넝마의 바지 밖으로
시간의 더러운 발목이 부었다
소주에 오래 노출된 시간은 벌겋다
끈끈한 침이 얼굴 부분을 땅바닥에 이어놓고 있다
시간 K는 가려운 옆구리와 가려운 겨드랑이 부위가 있다
긁어보지만 쉬 터지지는 않는다
잠결에도 흘러갈 곳이 마땅치 않기 때문이다
더러운 봉지에 갇혀 시간은 썩어간다
비닐이 터지면
힘없는 눈물처럼 주르르 흐를 것이다
시큼한 냄새와 함께
잠시 지하도 모퉁이를 적시다가
곧 마를 것이다 비정규직의 시간들이
밀걸레를 밀고 지나갈 것이다

허깨비 시간들, 시간 봉지들

해설 이남호

이 시는 "48년 9개월의 시간 K가 엎질러져 있다"라는 문장으로 시작된다. 아마도 쉰 살 된 술 취한 남자의 이야기인 듯하다. 시인은 술 취한 남자가 쓰러져 누워 있는 모습을 낯설게 제시한다. 시인은 술 취해 쓰러진 사람을 쳐다보면서 사람이란 도대체 어떤 존재인가를 생각하는 것 같다. 핵심은 사람을 '시간 봉지'로 규정한다는 것이다. 더 자세히 말하면, 사람이란 '더러운 봉지에 갇혀 썩어가는 시간'으로 된 존재다. 살아온 시간이 곧 그 사람이지만 그러나 봉지가 터지면 그도 없어진다. 그렇다면 더러운 봉지는 우리의 육체인가? 그렇다면 사람은 더러운 육체 속에 갇힌 허깨비인가?

김 사 인
1956년 충북 보은 출생.
1982년 『시와경제』 등단.
시집 『밤에 쓰는 편지』 『가만히 좋아하는』 등.

어떤 비 오는 날
—김수영의 *房*을 생각하는 빈*房*에서

1

가지고 있던 게 떠났으면
가벼워져야 할 텐데

꿈 없이 사는 일이
아주 무거워

꿈이 떠나서
몸이 무거워

2

세상의 물방울들아 쪼개진 것들아 쪼개져서도 흐르는 덜 자란 혁
명의 격렬한 불면증들아 빙하에서 풀려난 물방울이 더러워진 허공
의 상주가 되는 비애를 생각한다 빈방을 마저 비운 창백한 몸들아
물방울 하나씩에 사금파리처럼 꽂힌 핏물을 보게 된 오늘의 내 시력
이 무겁구나 눈 속은 뜨겁고 빈방은 무거우니 오늘의 숙박부에 나는

이렇게 쓰련다

닥치시오. 나는 다만 물방울만 한 방을 원하오.

　가지고 있던 것이 떠나면 가벼워지는 것이 당연한 일이다. 그러나 꿈 없이 사는 일은 무겁다. 꿈이 떠나면 몸은 가벼워지는 것이 아니라 한없이 무거워진다. 첫 번째 진술이 물리적인 진실이라면 두 번째 진술은 경험적(정황적, 심리적) 진실이다. 상충되는 두 개의 진술은 각각 진실이다. 여기서 아이러니가 발생한다. 2에서는 혁명에 실패하고 방만 바꾼 김수영의 비애가 패러디된다. 덜 자란 혁명의 씨앗인 물방울들은 지상에서 더러워져 빙하적의 순결함을 잃는다. 혁명은 실패하고 물방울은 눈물로 눈에 맺힌다. "물방울 하나씩에 사금파리처럼 꽂힌 핏물". 김선우의 다소 당돌한 발언들은 여전하다. "오늘의 내 시력이 무겁구나" "닥치시오. 나는 다만 물방울만 한 방을 원하오."와 같은 구절들. 감성과 선적禪的 화두를 섞고 싶어하는 시도 역시 여전한 셈이다.

김 선 우
1970년 강원도 강릉 출생.
1996년 『창작과비평』 등단.
시집 『내 혀가 입 속에 갇혀 있길 거부한다면』
『도화 아래 잠들다』 『내 몸속에 잠든 이 누구신가』 등.

메타포의 질량

김 소 연

맨 처음 우리는 귀였을 거예요 아마. 따스한 낱말과 낱말이 포켓 사전처럼 대롱거리는 귓불이었을 거예요 아마. 그때 우린 사전의 속살을 들춰보았죠. 여긴 두 페이지가 같네요? 파본인가요? 그다음 우리는 그릇이었을 테죠 어쩌면. 아이스크림을 컵에 담듯 살아온 날들의 독백이 녹아 흘러내리지 않게 자그마한 그릇처럼 웅크려야 했을 테죠. 그때 우리는 맛있었죠. 그때 우리는 양 손바닥처럼 밀착되었을 테죠. 고해와 같았을 테죠 어쩌면. 딸기맛과 멜론맛이 회오리처럼 섞일 때면 하루가 저물었죠. 그런 후에 우리는 서로의 기록이었죠. 손목이 손을 놓치는 순간에 대해, 시계가 시간을 놓치는 순간에 대해, 대지와 하늘이 그렇게 하여 지평선을 만들듯이 윗입술과 아랫입술을 그렇게 하여 침묵을 만들었죠. 등 뒤에서는 별똥별이 하나씩 하나씩 떨어져 내렸죠. 그러곤 우리는 방울이 되었어요. 움직이면 요란해지고 멈춰 서면 잠잠해지는, 동그랗게 열중하는 공명통이 되었죠. 환희작약 흐느낌, 낄낄거리는 대성통곡. 은총과도 같이 도마뱀의 꼬리와도 같이. 우리는 비로소 물줄기가 되었죠. 우리는 비로소 물끄러미가 되었죠. 이제 우리는 질문이 될 시간이에요. 눈먼 자가 자기 집으로 돌아가는 길을 마음속으로 그려보는 시간이죠. 덧없지 않아요. 가없지 않아요. 홀로 발음하는 안부들이 여울물처럼 흘러내리는 이곳은 어느 나라의 어느 골짜기인가요. 이것은 불시착인가요 도착인가요. 자, 우리의 질문들은 낙서인가요 호소인가요, 언젠가 기도인가요?

제목이 어렵지만, 이 시는 사랑의 행로에 대해서 말하는 것 같다. '사전의 속살-그릇-서로의 기록-방울-물줄기-물끄러미-질문'의 메타포로 사랑은 진행된다. 왜 사랑이 그러한 메타포로 진행되는가를 자신의 사랑체험에 비추어 곰곰이 생각해보는 것이 이 시의 독서법이다. 아 정말 그럴싸하구나라고 생각되면 성공적인 시 읽기가 된 것이다. 그런데, 사랑의 행로는 이처럼 허무로 끝날 수밖에 없는가? 낙서인지, 호소인지, 기도인지도 모르는 그런 질문들이 사랑의 끝이라는 것은, 인정하기 싫지만 인정해야만 하는 사실인 것 같다. 아무 소리나 다 의미요, 음악이고 사전의 어느 페이지도 사랑의 의미를 배반하지 않는 그런 초기의 아름다움이 있기에 덧없고 가없고 불시착인 질문의 결말이 되어도 사랑은 해볼 만한 것일까?

김 소 연
1967년 경북 경주 출생.
1993년 『현대시사상』 등단.
시집 『극에 달하다』 『빛들의 피곤이 밤을 끌어당긴다』
『눈물이라는 뼈』.

미안의 제국

김 승 일

솔잎이 연두색으로 보이기 시작하면 죽을 때가 다 된 거래. 아버지 나 죽는 거야? 왕자가 울었다. 짐이 미안하구나.

신하들은 반바지를 입지. 화가 난 짐을 향해 무릎을 꿇어. 머리를 풀고 엎드려서 얼굴을 감추지. 짐이 먼저 서러웠는데.
왕이 우는 신하들을 일으켜 쓰다듬는다.

미안하구나. 아버지는 그 말을 어디서 배웠어요. 짐은 본래 사과를 받는 사람. 짐의 무릎은 깨끗하단다. 그런데 왜 손바닥에서 삶은 계란 냄새가 나죠?
화가 나면 방문을 잠가버리렴. 얼굴이 시뻘게진 네 앞에 그들이 무릎을 꿇고 기어 온다면. 어쩐지 미안할 거야.

반바지들이 몰려온다면. 머리채를 잡고 피투성이를 만들겠어요. 마음껏 계획하렴. 허리를 편 내시처럼. 너는 아직 당당해도 좋을 때란다.

일어서시오. 그들은 해맑게 상투를 감는다. 신(臣)들은 오뚝이 같군. 무릎은 까졌지만 멀쩡합니다. 물러들 가라.

짐은 폭군처럼 피곤하구나.

신료들의 불찰입니다. 헐레벌떡 그들은 망건을 풀고. 천진하게 무
릎을 꿇지. 폐하 통촉하세요. 바지가 점점 짧아집니다.

짐은 팬티만 입은 것처럼 허전하구나. 아버지는 겁쟁이에요. 짐이
미안해. 사과하고 싶어서 아빠가 너를 낳았지. 필요하니까
　너도 애를 낳으렴. 깨끗한 무릎을.

　이 시인은 가족공동체 내부에서만 감지되는 미묘한 정서를 '아이들'의 시각에서 포착해낼 때 특히 성공적인 결과에 도달하고는 했다. 이번 시는 '가족 심리사극'이고 소재는 '사과'다. 왕은 세자에게, "짐은 본래 사과를 받는 사람"인데, 신하들의 사과를 받는 게 미안하고 그 미안함이 억울해서, 그러니까 자신도 "사과하고 싶어서" 너를 낳았다,라는 기묘한 고백을 한다. 그리고 아들에게 덧붙인다. 사과를 하고 싶으면, "너도 애를 낳으렴." 이 매력적인 이야기의 요점은 무엇인가.

　'사과 하는 사람'과 '사과 받는 사람' 중에서 심리적으로 더 우위에 있는 사람은 후자일 것이라는 게 우리의 통념이다. 이 시는 그 통념을 엎어버린다. 때로는 사과를 받는 사람이 더 미안해질 때도 있지 않은가. 그럴 경우 사과를 하는 쪽이 권력관계에서 더 우위에 있다고 해야 하지 않는가. 요컨대 '사과의 정치학'이라고 할까.

　이것은 날카로운 통찰이다. 부모의 사과를 받을 때 우리 자식들의 심리적 정황이 어땠는지 돌이켜보라. 권력관계의 우위에 서고 싶으면 애를 낳아서 그에게 사과를 하라는 이 시의 지령은 그래서 통렬하다. 이 시가 현대 가족이 아니라 왕조를 배경으로 설정한 것은 이 사과의 정치학을 더 선명하게 구현하기 위해서였겠지. 내 기억으로는 이런 테마를 한국시에서 본 것은 처음인 듯싶다. 특유의 '우울하게 걸렁한' 화법도 매력적이다.

김 승 일
1987년 경기도 과천 출생.
2010년 『현대문학』 등단.

볕 뉘

김 신 용

나뭇잎 사이로 설핏 빛살들이 얼비친다
그늘진 곳으로 스며드는 가느다란 햇볕 줄기들
과즙이 흐르는 여름을 담아 오는 하얀 손들 같다
어쩌면 초록의 부드러운 섬유질로 가시철망 울타리를 기어가 날
카로운 가시를 껴안고 있는 것
가시를 껴안고 꽃 한 송이 움켜쥐고 있는 것
그것은 마치 딜deal처럼, 애원하는 자의 눈빛이 머물러 집어등처
럼 환히 빛나는 것이겠지만
어머니들에겐, 온종일 채석장에서 돌을 깨서라도 맞바꾸고 싶은
꽃그늘이어서
가슴 환한 두근거림이어서, 나뭇잎 사이로 얼핏 비쳐드는
낚싯바늘 하나 담겨 있지 않은, 그 한줄기 빛!에
가만히 등 기대고 누운 어머니들의 사잇잠을 보는 것 같다
그 볕 그늘에, 미간 살풋 주름 없은 풋잠까지 달아 보여
나무그늘로 스며든 별 그림자 물결무늬로 어룽져 와
꽃잠 같다
아니, 꽃蠶
그것도 아니면, 얼굴 발그라니 신혼의 시간 또 물드는지
꽃簪 같은 것

치마허리 질끈 동여매고 채석장 바닥에 주저앉아 손바닥이 부르
트도록 망치질을 해서라도

마른 乳腺에 젖이 돌게 해야 할, 아이가 아직 옆구리에 매달려 있
는지

닳고 닳아, 가을잎처럼 엷고 투명해져가는 매미 울음소리 들리는
여름 한낮

해설 문혜원

"볕뉘"라는 단어의 발음만큼 아름답고 미세한 시이다. 잠깐 정지된 여름 한 낮의 풍경. 가느다란 햇볕 줄기들이 고단한 잠에 빠져든 여인들의 얼굴을 비춘다. 채석장 돌을 깨는 고된 작업 중에 잠깐 눈을 붙인 여인들을 비추자 미간의 주름살이 환하게 나타난다. 햇볕이야 아랑곳하지 않고 풋잠을 자는 여인의 모양이 마치 누에와 같다. 혼곤한 잠 속에 여인은 꽃비녀를 꽂은 신혼으로 돌아간 것일까. 이제는 늙어서 乳腺도 마르고 옆구리에 매달린 아이도 없건만, 볕에 비친 여인의 얼굴에는 엷은 홍조가 돈다. 노동시에 점차 서정성을 첨가하여온 김신용이 이루어놓은 서정적인 한순간이다. 여인의 혼곤한 '잠'을 표현한 꽃 '잠(眠)'에서 누에 '蠶'으로, 다시 비녀 '簪'으로 이어지는 시상의 전개 또한 매끄럽다.

김 신 용
1945년 부산 출생.
1988년『현대시사상』등단.
시집『버려진 사람들』『개 같은 날들의 기록』
『몽유 속을 걷다』『환상통』『도장골시편』등.

죽은 지 얼마 안 된 빗방울들의 소설

김 언

1

자신의 이름에서 만족을 빼야겠지만
그러면 미안해지거나 우스워지겠지

게시판에 없는 아이들이 우르르 달려와서
일원으로 살 건지 관찰자로 살 건지
고민하라고 말랑말랑한 혀를 두고 갔다

코가 몹시 피곤하다
나는 아예 눈에 띄지 않는다

2

그 새벽을 거니는 사람은 게이가 아니면
유령이 되어야겠지만

경음악과 춤밖에 없는 노래를 부르며

단어는 조금 더 외로워졌다
문장은 조금 더 상냥해졌다

불평이 없으니까
차례차례 늙어가는 햇빛을 요리하는 기분을 먹었다

저기 문이 떠내려온다

3

저기 지붕이 떠내려온다
죽은 지 얼마 안 된 빗방울들의 소설

나는 얌전히 어린아이를 추억하는 도시가 되어가는
자살자의 새로 발간된 철학을 오해한다

"망각해서는 안 된다 방황해야 한다"
미로를 없애면서 새로운 혼잡을 만드는
거리, 공원, 백화점, 호텔, 사무용 빌딩, 아파트와 상가

그리고 훨씬 많은 공장과 책을 읽어야 한다

4

행복한 지식이 별로 없다
배회하는 바위들의 제임스 조이스:

한 사람이 죽고 아파트 경비가 그 사실을 발견한다
그의 부친이 고향에서 달려오고 장례는 간소하게 치러졌다

다음 날
아버지는 아직도 오고 있다

밤늦게까지
지하철과 버스가 시내를 돌아다닌다

5

둘이 만나는 순간은 없다

싫어하는 악기는 색소폰이지만
좋아하는 음악은 재즈에 가까운 것처럼

감정은 바다를 건너간다
사라진 엉덩이에 힘을 주고

누군가 벗어놓은 구두의 방향을 예측하고 고민하고
집에 돌아와서 액자를 떼어내고 말하는
이 자리에는

6

벽이 있어야 한다

나는 아예 눈에 띄지 않는다
궁하고 딱하고 차가운 파스칼의 어린 시절:

7

a는 크고 b는 작다
c는 작고 d는 크다

어느 것이 가장 큰가

b와 c가 경합 중이다
a와 d가 경합 중이다

김언의 시는 일반적인 언어의 문법을 벗어나 있다. 예컨대 '게이' 가 아니면 '유령' 이라거나 "망각해서는 안 된다 방황해야 한다"처럼 양자택일을 할 수 없는 말들을 나란히 늘어놓거나, "얌전히 어린아이를 추억하는 도시가 되어 가는"처럼 피수식어가 없는 구절들을 사용하는 것이다. 시에 등장하는 코, 혀, 엉덩이는 구체적인 신체의 부분임에도 불구하고 전혀 구체적이지 않다. 불평이 없으면 왜 "차례차례 늙어가는 햇빛을 요리하는 기분을 먹"는가? 애초부터 비교 불가능하거나 의미가 연결되지 않는 언어들의 조합이다. 그 비상식성, 불연계성은 7에서 기호로 간략하게 요약된다. "a는 크고 b는 작다/c는 작고 d는 크다//어느 것이 가장 큰가" 답을 구하기 위해 큰 것은 큰 것끼리(a와 d) 작은 것은 작은 것끼리(b와 c) 경합시킨다. 상식에도 못 미치는 어리석은 말놀이? 생각하기 좋아하는 파스칼은 '궁하고 딱하고 차갑게' 오늘도 기발한 문법놀이를 한다.

김 언
1973년 부산 출생.
1998년 『시와사상』 등단.
시집 『숨쉬는 무덤』 『거인』 『소설을 쓰자』.

滿殿春

김 영 승

얼음 위에 댓잎 자리 보아
얼음 위에 댓잎 자리 보아
내 屍身을 누이고
마지막 큰절을 올린 뒤
아들은 얼어 죽어야 하리

만전춘은 고려가요이다. 원래 노래는 사랑의 열정을 노래했다. "얼음 위에 댓잎 자리 보아" 그 위에서 사랑을 하더라도(즉, 매우 추운 곳에 누워서 사랑을 해서 얼어 죽을지 몰라도) 님과 함께 사랑하는 것이 좋으니 밤이 늦게 새기를 바란다는 것이 그 내용이다. 시인은 사랑의 시를 가난의 시로 바꾼다. 시인은 가난하여 죽어서도 댓잎 위에 누울 정도이고, 아들마저도 얼어 죽을 정도로 가난하다는 하소연을 한다. 그러나 그 하소연은 사랑의 노래를 패러디하여 가난에 대한 멋진 해학이 된다. 그래도 슬프기는 하다.

김 영 승

1958년 인천 출생.
1986년 『세계의 문학』 등단.
시집 『반성』 『車에 실려가는 車』 『취객의 꿈』
『아름다운 폐인』 『몸 하나의 사랑』 『권태』
『무소유보다도 찬란한 극빈』 『화창』 등.

잘 지내고 있어요
—∞×∞/서울/작가미상/2009. 1

김 중 일

어렸을 때부터 혼자 끌어안을 수 있는 것은 무릎뿐이었어요
무릎을 껴안고 쪼그려 앉길 즐기는 아이
무릎을 껴안고 몇 바퀴 구르면 어제로도 돌아갈 수 있어
불탔던 어제의 어제로도 돌아갈 수 있어

오래되어 잔뜩 녹청 낀 세계의 주형들
아침 저물고, 저녁 저물고, 밤 저물고, 얼굴 저물고
세세연년 검은 동판銅版의 밤이 한결같고도
무시무시한 힘으로 지상에 찍힌다

아빠는 세상의 막다른 옥상에서 먹고살다 죽었고요
지난 시간들은 다 불타 흐르기 마련
지금보다 더 어리고 어려서 끝없이 어려서
내가 한 점 공기였을 때, 그저 한 평 공간이었을 때
사랑을 나누던 그날 밤의 날숨이었을 때부터
나는 무릎을 껴안고 둥글어지길 즐기는 아이

저녁 화지畵紙에 찍힌 판화는 매일 다르다 조금씩
사람들은 다른 옷차림으로 판화 속을 걷고

그러나 먼 미래에 도래할 무수한 과거들 속
달라진 그림 찾기, 밤과 낮의 데칼코마니

동판을 창문 대신 붙여놓고 작은 손톱으로 그 저녁을 음각한다
무릎을 인형처럼 껴안고 쪼그려 앉길 즐기는 아이
기어이 무릎을 심장에 파묻은 아이
눈물로 가슴팍 한 줌 땅에 물을 주는 아이
마른 무릎에 물을 주는 아이

밤마다 심장이 한 덩이 구근처럼 격렬하게 뛰고
아귀처럼 눈물을 빨아먹고
심장에 묻힌 가는 다리는 무성한 가지를 뻗고
시곗바늘이 잠든 아이의 표정을 빈틈없이 꿰매고 있다

창문 대신 시계 대신, 집마다 내걸린 동판화
창밖의 거리를 다 빨아들일 듯 부릅뜬 아이의
잠에서 깬 까만 동공으로 터질 듯 가득 차버린

해설　이남호

　'무릎을 껴안고 쪼그려 앉길 즐기는 아이'가 이 시의 주인공이다. 그 포즈는 절망과 수심의 포즈다. 수심과 절망의 이유는 무엇일까? 그것은 2연이 설명해준다. 세계는 녹청 낀 주형이어서 "세세연년 검은 동판銅版"을 찍어낸다. 즉, 늘 암울한, 반복되는 나날이 계속될 뿐이다. 희망도 변화도 없이 현재는 과거가 되고, 미래는 곧 과거가 될 것이다. 그런 죽음의 반복인 생활 속에서 아이는 "기어어 무릎을 심장에 파묻"는다. "잘 지내고 있어요"라는 제목은 무서운 반어이다.

김 중 일
1977년 서울 출생.
2002년 『동아일보』 등단.
시집 『국경꽃집』.

탁자의 유령들

여러분은 탁자를 완성하기 위해 착석하셨습니다. 앉아 계신 여러분, 앉아만 계신 여러분, 뒷면이 없는 여러분,

한 분이 아닌, 두 분이 아닌 여러분, 여러분들이 들여다보고 있는 레포트의 뒷면에는 아무것도 씌어 있지 않습니다. 아무도 죽지 않았습니다. 우리의 결정을 뒤집어도 아무도 살아서 일어나지 않습니다.

여러분도 아닌, 두 분도 아닌 한 분이 손을 번쩍 드셨습니다. 누구세요? "저, 저, 저(는 왜 말을 더듬을까요?)기요, 펜이 바닥에 떨어졌어요. 별 뜻도 없이 딴 뜻도 없이 굴러가는 저것을 어떡해."

주우세요! 애타게 찾으세요. 쉬운 일이라고 생각하지 마세요. 탁자 밑으로 들어가는 일은 간첩의 신분처럼 위험한 것입니다. 엿듣고 싶으세요. 탁자 밑에서 영원히 나오지 마세요. 입도 뻥긋하지 마세요. 침도 삼키지 마세요. 당신은 비밀이고 우리는 비밀이 없어요. 당신은 없어요.

그리고 손톱으로 탁탁탁 탁자를 두드리시는 분, 몹시 신경에 거슬립니다. 마치 노크 소리 같지 않습니까. 탁자에 문이 있다고 믿으시

는 겁니까. 어라, 손톱이 매우 깨끗한 분이시로군.

　우리에게는 동의해야 할 것이 산더미처럼 쌓였습니다. 부정해야 할 것이 똑같이 높은 산입니다. 밤을 새워도 끝나지 않고 밤을 새우지 않아도 끝나지 않습니다. 여러분, 만장일치란 얼마나 지난하고 고통스럽고 아름다운 꿈인가요? 꿈결처럼 우리는 박수를 칩시다.

쉽게 의미를 드러내지 않는 김행숙의 다른 시들에 비하면 이 시는 너무 선명하다. 탁자에는 오직 동의하기 위하여 사람들이 모여 앉았다. 앉은 사람이 하나이거나 둘이거나 여럿이거나 상관없다. 뒷면이 따로 없는 그들은 만장일치를 위해 필요한 서명 도구들이므로 자릿수를 채워주는 것만으로 본분을 다하는 것이다. 감히 펜을 떨어트리거나 손톱으로 탁자를 두드리는 일은 모반의 혐의가 있는 것으로 간주된다. 모든 것은 탁자 위에서 투명하게 일사천리로 진행된다. 진실은 비밀이 되고 거짓은 당당하게 공개된 세상이다. 시인은 군데군데서 이러한 세상을 비판한다. "뒷면이 없는 여러분"이라든가 "탁자에 문이 있다고 믿으시는 겁니까" 등이 그렇다. 그러나 그녀는 어느 것이 진실이라든가 어느 것이 거짓이라고 말하는 것은 아니다. 동의해야 할 것만큼 부정해야 할 것도 많다. 만장일치는 모두가 동의하는 것만이 아니라 모두가 부정하는 것까지를 포함한다. 결정을 위한 일사불란한 행동 통일, 그것을 요구하는 폭력의 메커니즘을 고발하는 것이다. 그래도 아직까지는 만장일치를 얻어내기 위해 시간을 필요로 한다는 것에 위안을 삼아야 할까?

김 행 숙
1970년 서울 출생.
1999년 『현대문학』 등단.
시집 『사춘기』 『이별의 능력』.

안경은 말한다

김 혜 순

눈뜨고 그냥 있다. 난 안경이니까.

결코 무엇을 보는 법도 없다. 난 그저 안경이니까.

저 화덕 위의 키조개가 뭘 보는 것이 아닌 것처럼 그냥 있다.

더더구나 나는 눈을 감을 줄 모르니까.

나는 얼음을 먹는 시간과도 같다.

먹고 나면 뭘 먹었는지도 모른다.

모래가 파도를 갉아 먹는 것과도 비슷하다.

또 파도가 몰려오니까.

나는 보고, 느끼고, 생각하지 않는다.

그냥 무색이다.

나의 왼쪽 눈알엔 바다가 있고, 오른쪽 눈알엔 하늘이 있다. 그게
다다.

하늘과 바다 사이에 내가 있다. 그게 다다.

나는 바닷가에 묶여 이리저리 흔들리는 뗏목처럼 그냥 있다.

10년 후에 어디에 있을 거냐고 묻지 마라.

나는 그냥 있을 거다. 난 안경이니까.

아마 다리를 오므리고 누워 있을지도 모르겠다.

벗을 때나 입을 때나 나는 그냥 있다.

나한테 오는 사람은 왼쪽 하늘과 오른쪽 바다 두 개로 나뉘어져서

온다.

그러니 안경에 대고 말하는 건 난센스다.

제 귀에 대고 말하는 거와 같으니까.

내 앞에서 우리의 기억 운운하는 건 난센스 중에 난센스다.

그렇다고 내가 하얗게 눈먼 것은 아니다.

눈뜨고 그냥 있는 거다. 멍하니란 말 참 좋다. 멍하니? 멍하다.

잠수부 아줌마가 있다.

25미터 산소줄을 잠수복에 매고

우주인 같은 철모를 쓰고 바다 속으로 들어가 키조개를 줍는다.

하루 여덟 시간 심해 속을 걸어다닌다.

세 시간마다 바다에 매어놓은 배에 올라와 우유 마시고 빵 먹고

다시 모래를 뒤진다.

목줄에 묶인 검은 물개 같다. 피부는 미끈거린다.

키조개는 깊은 바다 밑 모래사막에 숨어 있다.

아무도 없는 곳. 키조개와 갈고리와 산소줄, 그리고 물안경이 있

는 곳.

그리고 물안경 뒤에 아줌마가 있는 곳.

큰 얼음을 갈아 렌즈를 만든다.

그 렌즈를 입속에 넣어본다.

바다에 비 온다.

바다는 말한다.

나는 눈뜨고 그냥 있다.

난 안경이니까.

좋은 시에 '인식적 가치'가 있다고 말할 때 그 '가치'가 '쓸모가 있다'는 의미에서 유용한 가치인 경우는 많지 않을 것이다. 반대로 그 가치는 동시童詩의 그것에 가깝지 않을까. 아이들이 쓴 동시는 왜 아름다운가. 아이들의 발견과 감탄이 '쓸모가 없다'는 의미에서 순수한 것이기 때문이다. 이 시의 전반부는 이런 의미에서 마치 동시를 읽는 듯한 순수한 즐거움을 준다. 그리고 그 즐거움은 '안경'을 그냥 '눈'처럼 묘사하는 데서 나온다. 그런데 중반을 넘어서면서 이 시의 어조는 미묘하게 변하기 시작한다. "그게 다다"나 "그냥 있다"와 같은 구절들에서 어떤 심상찮은 정서가 감지된다고 느낄 무렵에, 이 안경이 해녀의 물안경임이 밝혀진다. (여기서 잠깐. 해녀들은 이 물안경을 그냥 '눈'이라고 부른다. '안경＝눈'의 논리로 움직이는 전반부의 상상력이 바로 여기서 나왔구나!) 뒤를 이어 그들의 생활에 대한 담담한 보고가 이어지고 "큰 얼음을 갈아 렌즈를 만든다./그 렌즈를 입속에 넣어본다."와 같은 의미심장한 구절(시인과 대상의 심리적·심정적 교류의 순간일까)이 이어지면서, 이 시는 해녀들의 존재—"그게 다다" 혹은 "그냥 있다"의 형식으로 있는 그 있음—에 대한 담백한 경의의 표현이 된다.

김 혜 순

1955년 경북 울진 출생.
1979년 『문학과지성』 등단.
시집 『또 다른 별에서』 『아버지가 세운 허수아비』 『어느 별의 지옥』 『우리들의 陰畵』 『나의 우파니샤드, 서울』 『불쌍한 사랑 기계』 『달력 공장 공장장님 보세요』 『한 잔의 붉은 거울』 『당신의 첫』 등.

성문 앞 보리수

남 진 우

장님의 행렬이 지나간다. 누군가 등불을 들어 지나는 이의 얼굴을 들여다본다. 석양의 재가 떨어져 쌓이는 지평선. 어디선가 은밀히 축제가 시작되고 떠들썩한 웃음과 거품 이는 술잔들이 오간다. 아무도 살지 않는 집. 뒤안으로 가서 말라버린 우물을 들여다본다. 거기 잃어버린 눈들이 모여 살고 있다. 두레박을 내려 눈들을 퍼올린다. 장님들의 행렬이 지나가고 또 지나간다. 거센 바람이 부는 황폐한 거리. 누군가 등불을 들고 내 얼굴을 들여다본다. 내 눈에 가득 고인 검은 재가 바람에 불려 흩어진다. 아무도 살지 않는 집. 뒤안 우물 속에 눈들이 나지막하게 부르는 소리가 들린다.

  음울한 영혼의 속삭임에 이끌리는 남진우의 여행은 계속되고 있다. 죽은 자로부터의 전언, 죽은 靈들의 이야기를 듣는 밤. 이러한 혼몽한 시기를 넘어 시인은 이제 직접 그 세계에 동참하고 있다. 지평선 너머에서는 축제가 벌어지고 웃음과 술잔이 오간다. 그러나 이곳 황폐한 거리에서는 사람들이 집을 버리고 끝없이 어딘가를 향해 가고 있다. 끊이지 않는 장님들의 행렬. 시인은 지나는 이의 얼굴을 들여다보는 사람이다가 누군가에게 얼굴을 들여다보이는 사람이 된다. 장님 행렬을 바라보다가 그 행렬에 끼인 장님이 되는 것이다. 그는 잃어버린 눈들이 모여 있는 곳을 알고 있다. 그러나 그는 눈들을 찾아오는 대신 거기에 자신의 눈을 빼놓고 행렬을 따라간다. 자신의 눈을 뺀다는 것은 무엇인가. 그것은 눈으로 보이는 세상을 믿지 않겠다는 것, 육체의 눈이 아닌 정신의 눈으로 세상을 버티겠다는 의지의 표현이면서 아울러 세상의 일들로부터 멀어지고자 하는 제스처이기도 하다. 장님 무리에 섞여 걸어가는 시인의 모습에는, 눈 대신 세상의 일을 미리 보는 지혜를 얻은 테레이시아스와 제 눈을 뽑고 속죄하는 오이디푸스의 모습이 오버랩된다.

남 진 우
1960년 전주 출생.
1981년 『동아일보』 등단.
시집 『깊은 곳에 그물을 드리우라』
『죽은 자를 위한 기도』 『타오르는 책』
『새벽 세 시의 사자 한 마리』 『사랑의 어두운 저편』 등.

겨울 아이오와

마 종 기

1

네가 돌아간 후 수십 년 동안
끝없이 이어진 옥수수밭이, 어느새
끝없이 더 이어진 콩밭이 된 것 말고는
키 큰 옥수수 대신 조신한 콩들이 모여
여름내 하늘을 지고 구름을 만드는 것 말고는,
내가 나이 들고 네가 소식이 없는 것 말고는,
내 걸음이 더 이상 바쁘지 않은 것 말고는,
그래 사실은 아무것도 변한 것은 없다.

허름한 사무실은 아직도 허름하게 늙어 있고
모두들 낯선 정거장처럼 이곳을 지나갔는데
우리가 버린 들판에 잘못 도착한 회오리 눈보라,
눈송이 사이로 시야가 다 닫힐 때쯤에야
아이오와가 잠에서 깨어나는 것은 알고 있겠지.
겨울이 와서야 꽃 피고 눈뜨는 것은 알고 있겠지.
호흡이 짧아지고 어지럼증 자주 오는 추운 계절,
사랑한다는 말은 언제쯤 한 번 듣게 해줄래?

만개한 아이오와의 추위 속에서는 만지고 싶어진다.
불안하게 유배 떠나온 발걸음을 다 덮어버리던 눈,
얼어버린 모든 겨울의 말을 매해 귀 시리게 들었지.
죽은 후에라도 이곳에 와서 몇 해 정도는 지내야겠다.
발자국 없는 정류장에서 이번에는 소리쳐 부르겠다.
당신이 돌아오고, 눈이 덮이고, 내가 당신을 안는다.
얇게 퍼지는 당신의 입김이 눈밭 속에서 몸이 된다.

2

지구가 아직 둥글어지기 전에
땅끝까지 눈이 내렸다. 그것을
아이오와에 와서야 확인했다.
세상의 냉대 속에서 살아온
눈 덮인 숲에 들어와서야
나무가 체온을 가진 모습을 본다.
나무마다 둥치 주위에 눈 녹은 자리,
온기의 호흡이 오래된 얼음 녹여놓았다.
잎이 나고 꽃이 피고 열매를 익히는 체온,
나무가 따뜻하다는 것을 아직껏 몰랐다니!

내가 살아온 길이 허술했던 이유를
이제야 조금은 알 것도 같다.

언 손으로 나무의 살을 포옹한다.
아무도 억울한 일 당하지 않기를,
아무도 눈물짓는 일이 없기를.
지구가 아직 다 익기 전,
지구가 아직 둥글어지기 전,
사랑이 우선 존재했다고 주장하는
아이오와의 겨울 숲, 저기 겨울 숲……

아이오와의 겨울에 대한 두 개의 생각, 1과 2는 별개의 생각인 것 같다. 1은 늘 똑같은 풍경의 아이오와에 살면서 단 한 철 다른 풍경을 연출하는 눈 내리는 겨울에 오래전에 떠난 사람을 그리워한다. 그리움은 일상의 단조로움을 건너서, 하늘에서 내리는 눈처럼 또는 그 눈과 함께 나에게 찾아온다. 떠난 사람에 대한 그리움은, 마치 겨울 아이오와의 눈처럼 세상을 환하게 바꾸고 나까지 바꾼다. 눈은 그리운 사람이고, 그리운 사람은 눈이다.

2는 나무에 남은 잔설을 보고 나무에도 체온이 있다는 것을 새삼 깨닫게 된 이야기이다. 나무의 체온은 가지에 쌓인 눈을 녹인다. 흥미로운 잠언이다. 이 잠언의 끝에서 시인은 체온이 사랑이며, 사랑이 존재의 근원임을 다시 한 번 확인한다. 나무를 포용하고 그 체온을 느끼며 "아무도 억울한 일 당하지 않기를./아무도 눈물짓는 일이 없기를."이라고 읊조리는 시인의 목소리가 오래 여운을 남긴다. 어쩌면 1과 2는 사랑으로 연결되어 짝이 되는 생각인지도 모르겠다.

마 종 기

1939년 일본 도쿄 출생.
1960년 『현대문학』 등단.
시집 『조용한 개선』 『두 번째 겨울』 『안 보이는 사랑의 나라』
『그 나라 하늘빛』 『이슬의 눈』 『새들의 꿈에서는 나무 냄새가 난다』
『우리는 서로 부르고 있는 것일까』 『하늘의 맨살』 등.

오죽烏竹 곁에서

문 태 준

오늘은 바람이 오죽을 지나간다

바람은 내 영혼에 한 번 더 흐르면서 움직이지 않는 가지는 없다
는 말씀을 들어 흔들어 보인다

오늘은 바람이 멎고 또 싸락눈은 듣는다

싸락눈은 내 영혼에 한 번 더 내리면서 설익은 밥알이 살강살강
씹히는 소리를 들려준다

나는 긴 목 아래로 끝없이 내려가는 구렁을 바라보았다

해설 이남호

  오죽을 흔드는 바람은 내 영혼도 흔든다. 그리고 내리는 싸락눈도 "내 영혼에 한 번 더 내"린다. 나는, 내 영혼은 자연의 움직임을 예민하게 받아들인다. 나는 자연의 일부로 겸손해진다. 그런데 오죽은 내 영혼을 어떻게 움직이는가? 내 영혼에 찍힌 오죽은 "긴 목 아래로 끝없이 내려가는 구렁"으로 보인다. 나는 자연이거나 자연의 친구이다.

문 태 준
1970년 경북 김천 출생.
1994년 『문예중앙』 등단.
시집 『수런거리는 뒤란』 『맨발』 『가재미』 『그늘의 발달』 등.

가을이라고 하자

민 구

그는 성벽을 뛰어넘어 공주의
복사꽃 치마를 벗긴 전공으로
계곡타임즈 1면에 대서특필됐다
도화국 왕은 그녀를 밖으로 내쫓고
문을 내걸었다 지나가던 삼신할미가
밭에 고추를 매달아놓으니
저 복숭아는 그럼 누구의 아이냐?
옥수수들이 수군대는 거였다

어제는 감나무 은행이 털렸다
목격자인 도랑의 증언에 의하면
어제까지는 기억이 났는데 원래,
기억이란 게 하루 사이에 흘러가기도 하는 거
아니냐며, 조사 나온 잠자리에게 도리어
씩씩대는 거였다

룸살롱의 장미가 봤다고 하고
꼿꼿하게 고개 든 벼를 노려봤다던,
대장간의 도끼가 당장 겨뤄보고 싶다는,

이 사내는 지금 어디에 있을까
버스 오기 전에

몽타주를 그려야 하는데

몇 년 전부터 젊은 시인들의 시에서 '동화적 상상력'이라고 할 만한 것이 자주 보인다는 지적들이 많았습니다. 그런데 그때의 '동화'란 대개 현실의 부조리를 확대해서 보여주기 위한 볼록렌즈로 채택된 '잔혹동화'에 가까운 경우가 많았지요. 그러나 이 시는 천진무구하고 익살스러운, '잔혹'이 없는 동화적인 상상력을 보여줍니다. 다른 시인들의 볼록렌즈를 눈 부릅뜨고 함께 들여다보느라 다소 피로해진 눈이 시원해지는군요. 그러나 '동화적'이라고 해서 이 상상력이 상투적이라는 얘기는 전혀 아닙니다. 도대체 '가을'을, 감히 공주와 염문을 피우고, 은행을 털고, 룸살롱을 출입하고, 싸움질깨나 하는 그런 난봉꾼에 비긴 것은 얼마나 신선한 상상력입니까. "몽타주를 그려야 하는데" 한 줄 띄고 이 마지막 구절을 적은 것도 참 잘한 일.

민 구
1983년 인천 출생.
2009년 『조선일보』 등단.

영혼이 어부에게 말했다

박 상 순

내 영혼이
내 어부에게 말했다

물고기
바다
저녁놀

내 영혼이 내 어부에게 말했다

처음
본
순간

내 영혼이 내 어부에게 말했다

없어
이럴 수는,
이럴 수는 없어

늙은 내 영혼이 더 늙은 내 어부에게 말했다

가
그냥 가
가

내 영혼이 내 어부의 그물에 매달리며 말했다

노을 진
바닷가에
나를 남기고

두 개의 영혼
어린 내 영혼이 한참이나 더 어린 내 어부에게
매달리며 말했다

가
그냥 가

　그의 시에서 관계를 따지는 것은 참으로 무익한 일이지만 영혼과 어부의 관계는 무얼까?

　영혼이 어부에게 말한다. "물고기/바다/저녁놀//(중략)//처음/본/순간". "……". 답이 없자 영혼은 다시 말한다. "없어/이럴 수는,/이럴 수는 없어". "……". 반복되는 말과 무응답 사이에서 지쳐 늙은 영혼이 더 늙은 어부에게 말한다. "가/그냥 가/가". 실제로는 어부가 쳐놓은 그물에 매달리며 "노을 진/바닷가에/나를 남기고" 가. 영혼은 제풀에 지쳐 늙었으나 끝내 대답하지 않은 어부는 왜 더 늙었을까? 말미에서 비밀은 밝혀진다. "두 개의 영혼" 즉, 어부는 결국 영혼이었던 것이다. 결국 영혼과 어부의 대화는 내 영혼의 독백인 셈이다. 물속의 제 얼굴을 들여다보는 나르키소스처럼, 영혼은 결국 자신을 낚아줄 유일한 어부(영혼)에게 말을 하고 있던 것이다. 도로 어려진 내 영혼이 한참이나 더 어린 어부에게 매달리며 말한다, 함께 가자고. "가/그냥 가".

　내 영혼이 내 어부에게 던지는 수수께끼, 그물로 낚아주기를 기대하면서 던지는 수수께끼는 이렇게 실제적인 이득 없이 끝난다. 거울을 들여다보며 수수께끼를 내다가, 혼자 답하다가, 화를 내다가, 웃다가, 날이 가고, 늙어간다. 마지막의 "가/그냥 가"는 함께 가자는 뜻일까? 아니라고 하더라도 달라질 것은 없다. 혼자만의 수수께끼는 다시 시작될 테니까.

박 상 순
1961년 서울 출생.
1991년 『작가세계』 등단.
시집 『6은 나무, 7은 돌고래』 『마라나, 포르노 만화의 여주인공』
『자네트가 아픈 날』 『Love Adagio』 등.

나쁜 신앙

박 성 준

거짓을 말한다. 교복 입은 여자애 어깨를 만지고 싶다. 늘 내가 탐하고 싶던 어깨에는 크리넥스 화장지가 한 통씩 들어 있었지. 잡으려 하면 할수록 한 장씩 풀려나오는 희고 얇은 어깨들. 앓던 병이 지나가는 길마다 풍성한 휴지들이 바람에 날린다. 비밀스럽군, 비밀스러워. 대체 누가 고안해낸 생각일까? 나는 두루마리 휴지를 풀다가도 생각한다. 휴지를 풀어 손바닥에 감을 때마다 옮겨오는 비밀들. 풀고 나면 같은 자리에서 멈추는 휴지는 눈치채지 못할 만큼만 홀쭉해진다. 이것을 누가 중심을 따라 모여 있는 집합체라고 말할까. 혹은 중심이 비어 있다는 것이 두루마리의 형식이라고 금기를 깰 것인가. 어느 날 나는 두루마리 휴지를 전부 다 풀어다가 다시 감아본 적도 있었지. 그때 생기는 틈, 그것이 나다.라고 우기면 누가 믿어줄까. 습관적으로 나를 떠났다가 다시 돌아오곤 했던 애인, 끝끝내 미안하다며 무명천에 붙은 찢어진 제 처녀막을 내밀었을 때. 그렇지 않다면 검은 장정들에게 포박당한 아비가 각서에 지장을 찍고 난 후 느슨해진 전립선에 대해 고민할 때에도, 손바닥에 감겨 붙은 두루마리 휴지를 내밀며, 나는 생각했지. 진화하고 있는 휴지의 결이 너무나 예의가 바르다는 것과 그러므로 적당히 억압하고 있다는 것을. 다시 거짓을 말하려 한다. 교복 입은 여자애로 밑을 닦아봤다고. 안에 있는 것들이 밖으로 흘러나오면서 휴지는 숨기기 위해서만 역사

80

하지. 역시나 나는 한번 흡수한 것들과 헤어질 준비가 되어 있다. 내가 탐하고 싶었던 비밀들은 질서도 있고 굴곡도 있고, 우는 자에게 울음을 멈추라고 강요하는 힘! 그 힘도 있다. 나는 휴지에 대해 명상한다. 비밀의 끝은 늘 비어 있으므로 명상의 이유가 성립될 뿐이다.

해설　문혜원

'나'가 파악한 세상은 비밀투성이다. 어깨의 각을 세우기 위한 '뽕' 대용으로 뭉쳐넣은 크리넥스 화장지, 그것만큼이나 알 수 없는 여자아이들의 세계. 진실은 뽑아도 뽑아도 계속 따라나오는 휴지처럼 좀처럼 드러나지 않는다. 아직 성숙하지 않은 내가 가늠할 수 있는 것은, 세상은 내가 모르는 무엇인가로 가득 채워져 있다는 것뿐이다. 휴지를 풀었다 감으며 나는 조금씩 세상을 배워간다. 비밀도 진화한다는 것, 한결 더 공고해지고 치밀해진다는 것. 치밀한 그것들이 억압의 주체라는 것을. 그리고 이 세상을 살아가는 방법은 휴지처럼 흡수한 것을 잊어버리고, 알려고 하지 말고, 아는 체도 하지 않고 살아가는 것이라는 점을 배운다. 비밀의 중심에는 누가 있나. 비밀을 만들고 유포하는 주체는 누구인가. 두루마리 한 롤을 다 풀어도 실체는 나타나지 않는다. 눈으로 확인된 바는 오히려 중심이 비어 있다는 사실이다. 표면상 비밀의 주체는 없고 그것을 유포하는 세력도 없다. 그럼에도 불구하고 두루마리 휴지의 칸칸들처럼, 비밀은 모든 세상사의 틈에, 겹과 겹 사이에 있다. 내가 할 수 있는 일은 비밀이 있고 억압이 작용하고 있다는 사실을 감지하고 그것에 대해 계속 명상하는 것이다. 비밀의 끝은 늘 비어 있다. 투명한 속, 비어 있는 중심의 공포. 명상은 투명한 속을 가장하고 있는 억압의 메커니즘에 대항하는 나만의 방식이다.

박 성 준
1986년 서울 출생.
2009년 『문학과사회』 등단.

검은 낚시꾼

—소곡집小曲集

박 희 수

물속에 낚싯대를 드리우고
우리는 추측했다
아가미의 빛깔을
긴장 오는 순간의 시각을

재고 있었던 게
아가미도 시각도 아니라
물의 규모라는 것도 모르며

오라
폐를 짓누르는 물이여

가서
빠지리라

강에 가서 죽는자
Schattenfischer
우리의 꽃다발과 영예를 위하여

—다섯 편의 노래와 한 편의 의례—

1. 백수광부의 노래

허우적거리는 그대여 가지 마오 밑밥이 되는 자 그는 흩날리리라

자다가 K 형의 전화를 받자 그는 당장 자기에게 와달라고 했다
내가 잠과 일과 상식을 들어 그를 거절하자 그는 해와 달과 별을
들어 내게 반박했다
너는 아직도 해가 새카맣게 타버리고
반사면의 달도 따라서 새카맣게 타버리고
별들만 미친 눈동자로 밤을 조명함을 모르니
나는 그가 미쳤다고 생각했지만
손은 차 키를 잡았고 팔은 점퍼를 걸쳤고
발은 구두를 신었고 눈은 어둠을 입었다
검은 불에 타오르듯
새로운 질감에 휩싸이던
불 꺼진 거실

언젠가
낚시하러 가리라

가서,
빠지리라

2. 우馬의 노래

제방을 놓는 그대여 잊지 말라 낚대가 되는 자 그는 짓밟히리라

영동고속도로는 발광하는 갑충들로 가득 차
어릴 적 여름날에 바라본 피 흘리는 나무처럼 보였다
찌르르 찌르르 소리가 들리고
나는 달콤한 수박바나 쇠스랑에 찍힌 상처를 자꾸 생각했다
여자의 다리 사이
여자의 다리 사이가 내게 속삭이는 듯한 환영을
라디오의 방해전파가 자꾸 줬다
나는 붉은 입속으로 붉은 포도주를 밀어넣고 붉은 포도주를 꿰뚫
고
붉은 장대가 치솟다가 붉은 파도로 변하는 광경을 상상했다
그러자 마음에 안도감이 왔고
속초항 쪽으로 우회전했다

이 촉감은
낯설지 않네

호수에 드리우나
사실은 목에

3. 굴원의 노래

세속을 혐오하는 그대여 씻지 마오 미끼가 되는 자 그는 찢겨지리라

이 근방 낚시터에 있다고 했는데 K 형은 보이지 않고
K 형이 피다 만 것 같은 개똥벌레들이 불 밝힌 시선으로 늘어서
캐치라이트와 불꽃과 별과 갈대꽃을 구별하지 못하며
허위적허위적 시선은 진창부터 늪 저편을 훑으며
K 형은 어디선가 숨을 죽이고 웃는 걸까 웃는 K 형의 얼굴을
피가 날 때까지 뭉개는 상상을 지우며 살리며 지우며 살리며
나는 어두운 물 쪽으로 자꾸 다가갔다

누군가가 나를 혐오하는 것 같은 기분을 받았다
생각해보면
나는 내 일을 늘 싫어했다

K 형은 없었다, K 형의 모자가
빈 낚시의자 위에 놓여져 있을 뿐

장총들처럼 늘어선 긴장된 낚싯대를 보자 나는 곧장

내가 해야 할 일을 이해했다

창랑의 물 맑으면

내 갓끈을 씻고

창랑의 물 탁하면
내 폐를

4. 돼지들의 노래

길이 되는 자들아

처음엔 참을 수 없다고 생각했다
더러운 수초 너머로 치솟는 물거품들
하늘에는 달도 없고 전등도 없고
목욕탕 물때처럼 희끄무레한 별들뿐

초점 잃은 내 눈 위로 달이 뜨면
그제야 돌아올 생기
반사경反射鏡 위 희미한 빛

우리는 살을 처먹고
뼈를 발라냅니다

우리의 입김엔
썩는 향기 가득합니다

5. 양의 노래

희생이여

음악을 늘 좋아했지

집에는 매일 구더기가 많았다. 비에 젖어 아버지가 돌아온 날 그
가 가져온 녹슨 깡통을 따서 함께 식사를 했다. 앉은 자리에 천천히
퍼지는 검은 연못. 그는 신호등의 붉은 눈을 정면으로 바라봤다고
말했다. 순간 멎는 화면. 어머니가 배를 움켜쥐고 화장실로 뛰어갔
다. 고개 숙인 아버지의 얼굴은 밤의 석탄처럼 붉었다. 천천히 입술
을 여는 티비

퍼지는 비둘기들의 합창—

음악밖에 없었지

6. 정화의례katharmoi

아으 아이 아으 아이
그가 가버렸네
검은 낚시꾼
드디어 그림자 물고기를 낚아 올렸네*

아이 아으 아이 아으
물속에 잠긴 몸이
물 밖의 몸 되려면
어떤 아가미를
무슨 부레 지느러미를 붙여줘야 하는가

아으
낚았구나
제가 저를
낚아버렸구나

아으 아이 아으 아이
그는 가버렸네
검은 물 속으로
검은 발자국을 남기며

아으 아이 허 아으 아아

* 첼란.

자신의 성적 불구가 세계의 불모화를 낳게 된 사내, 그래서 구원자가 될 기사가 올 때까지 도리 없이 낚시에만 몰두하는 '어부-왕' 설화가 저쪽 동네에 있거니와, 이 이야기는 오랜 시간 동안 동서양의 문학작품에 허다한 영향을 끼쳐왔다. 저쪽에서 산출된 T. S. 엘리엇의 『황무지』야 언급하기가 새삼스럽고, 우리 쪽에서는 '마른 늪에서 물고기 낚기'라는 화두를 품고 있는 박상륭의 『죽음의 한 연구』와 그 후속편 격인 『소설법』이나 『잡설품』 같은 작품들이 있어 그 설화에 대한 서구의 표준적 해석에 창조적으로 시비를 걸기도 했었다. 근래 강렬한 작품들을 써내고 있는 스물다섯 살의 젊은 시인 박희수는 자기 자신을 낚는 '검은 낚시꾼'을 창조했다.

이 시에서 이 검은 낚시꾼은 'Schattenfischer(그림자 낚시꾼)'라고도 불리는데, 그림자는 곧 죽음처럼 보인다. 그러니 자신의 죽음을 낚는다는 것은 인간 존재의 한계를 뛰어넘는 일, 흔한 말로 득도 혹은 해탈의 의미를 갖는다고 해도 좋겠다. 이 검은 낚시꾼의 '서브-캐릭터'들이 등장해 소곡을 이끌어 가는데, 각기 강江의 인물들이라 할 만한, "허우적거리는 그대"-백수광부, "제방을 놓는 그대"-우禹왕, "세속을 혐오하는 그대"-굴원 등의 실존인물과 각기 성속聖俗의 상징성을 대표하는 돼지와 양 같은 동물이 그것이다. 상세한 분석을 할 수 있는 자리가 아니어서 아쉽다. 한국시의 약점 중 하나인 형이상학 결핍을 이 시인이 어떻게 뚫고 나갈 것인지 기대해보기로 한다.

박 희 수
1986년 인천 출생.
2009년 〈대산대학문학상〉 수상.

유모차와 할머니

반 칠 환

　지하 셋방 혼자 사는 할머니, 유모차 끌고 골목길 돌아오신다. 지팡이 짚고 두둠두둠 오던 길 돌돌돌 굴러 오신다. 속 깊은 손녀 같은 유모차가 깡마른 어깨 내어준다. 웬일로 손주들이 오셨나? 오로로 까꿍 대신 단풍 손바닥 대신 낯선 손주들 까르르 웃음 터트린다. 천 원에 세 개짜리 겉늙은 오이 삼 남매가 허리 꼬부리며 웃는다. 앞이마 훤한 장군 애호박이 옹알이한다. 손두부 옆 막걸리 한 병이 출렁출렁 웃는다. 너털웃음 웃던 낮달의 턱이 빠진다. 일용할 손주들 태운 구불구불 할머니 절름절름 가신다. 오물오물 웃으며 자장가 부르신다. 둥개둥개 우리 아기 서울 길로 가다가 암탉한테 채이고 수탉한테 채여서…… 없는 손주 앞세워 없는 세상으로 가신다. 봄눈처럼 왔다가 가을서리처럼 가신다. 두부장수 화물차 딸랑딸랑 마지막 골목으로 들어간다. 숯덩이 같은 그믐밤 요람처럼 흔들린다.

해설　이남호

　시인은 가난한 할머니가 슈퍼마켓 카트(혹은 버려진 유모차)에 생필품을
사서 싣고 길을 가는 모습을 유심히 보고 있다. 시인의 눈에는 할머니의 유모
차에 실린 생필품이 마치 그녀의 손주 같아 보인다. 홀로 사는 가난하고 아주
많이 늙은 할머니가 유모차에 물건을 사서 싣고 길을 건너는 모습이, 마치 우
리 시대의 상징처럼 그려져 있다. 당신의 삶은 저 할머니의 삶과 얼마나 다른
가?

반 철 환
1963년 충북 청주 출생.
1992년 『동아일보』 등단.
시집 『뜰채로 죽은 별을 건지는 사랑』 『웃음의 힘』 등.

내가 계절이다

백 무 산

계절이 바뀌면
뱀도 개구리도 숲에 사는 것들은 모두 몸을 바꾼다
보호색으로 변색을 한다
흙빛으로 또는 가랑잎 색깔로

나도 머리가 희어진다 천천히 묽어진다
먼지에도 숨을 수 있도록 나이도 묽어진다

흙에 몸을 감출 수 있도록
가랑잎에 숨어 잠들 수 있도록
몸을 바꾸고 자신을 숨기지만

그러나 긴 고요에 들면 더 이상 숨는 것이 아니다
봄을 기다리는 것도 아니다
죽은 것도 아니다

나는 계절 따라 생멸하지 않는다
내가 계절이다

　시는 쉬운 비유로 이루어져 있다. 계절이 바뀌면 뱀이나 개구리가 몸 색깔을 바꾸듯이, 상황이 여의치 않으면 모든 것은 일단 보호색을 띠고 숨을 죽인다. 푸르던 것들이 흙빛으로 가랑잎 색깔로 푸릇푸릇한 생기를 잃고 시든 채로 숨어든다. '나' 또한 흐르는 세월에 머리가 희어지고 변하는 상황에 천천히 묽어진다. 적당히 몸을 바꾸고 자신을 숨길 줄도 알게 되었다. 그러나 시인은 잠시 동안의 침묵이 영영 고정되어버릴 수 있음을 경계한다. 긴 고요에 들어버린다면, 그것은 숨는 것이 아니고 새로운 날을 기다리는 것도 아니다. 죽은 것도 아니고 산 것도 아닌 그저 그런 상태에서 숨어드는 것은 치욕이며 방관이다. 나는 결코 계절에 따라 생멸하지 않겠다는 다짐. 상황논리에 따라 눈치를 보며 삶을 연명하거나 구걸하지는 않겠다는 결의가 선명하다. "내가 계절이다"라는 오만한 발언은 실상 '내가 계절이라야 한다'는 간곡한 다짐, 스스로에 대한 약속이자 촉구이다. 거기에는 자못 비장감마저 느껴진다.

백 무 산
1954년 경북 영천 출생.
1984년『민중시』등단.
시집『만국의 노동자여』『동트는 미포만의 새벽을 딛고』『인간의 시간』
『길은 광야의 것이다』『초심』『길 밖의 길』『거대한 일상』.

서커스의 밤

서 대 경

　꼽추 광대는 몸을 떨며 사다리를 기어오른다. 어두운 불빛 기둥이 광대의 허옇게 분칠한 얼굴 위로 쏟아진다. '밧줄이 보이지 않으니, 이상한 일이구나.' 광대는 난간을 붙잡은 채 잠시 허공 속에 몸을 웅크린다. 광대의 입에서 허연 입김이 뿜어져 나온다. 관객들의 웃음소리가 발밑 어둠 속으로 박쥐처럼 떠돈다. '이상한 일이구나. 한참을 올라도 사다리는 끝나지 않고, 보이는 건 불붙은 쇠테 곁에 도사린 사자뿐이구나. 오늘 밤은 고되구나. 오늘 밤은 무섭구나. 가련한 꼽추 광대의 줄타기를 위해 사다리가 이렇게 높으니, 관객들의 야유 소리만 더욱 요란하구나.' '떨어져라, 꼽추 새끼, 떨어져버려라.' 단장이 내리치는 채찍 소리가 잿빛 연기 사이로 어둡게 번뜩인다.

　광대는 다시 사다리를 오르기 시작한다. 관객석이 아득히 멀어져 갈수록 사다리는 점점 더 가늘고 푸르러진다. 광대의 머리 위로 검은 밤이 펼쳐진다. 검은 밤은 드넓고, 고요하고, 냉혹한 추위가 별들을 송곳니처럼 번뜩이게 한다. 광대는 먼 곳의 공장들을 본다. 도시의 불빛과, 번쩍이며 질주하는 기차들을 본다. 광대는 눈을 감는다. '이상한 일이구나. 모든 것이 맥박처럼 고동친다. 저 불빛들, 건널목을 건너는 사람들, 공장굴뚝 위로 번쩍이는 눈더미들, 터널을 통과하는 기차들. 일생일대의 밤이로구나. 잊을 수 없는 서커스의 밤이로구나.' 광대는 그 순간 자신의 발 앞에 놓인 밧줄을 발견한다. 그 것은 어둠 속 멀리, 아득하게 빛나는 기차역을 향해 뻗어 있다. 광대는 밧줄 위로 발걸음을 내딛는다. 형광빛 네온사인 불빛이 허옇게 분칠한 광대의 얼굴 위로 물든다. 입가에 칠해진 붉은 물감 속에서 그의 검은 입술이 달싹인다.

'이상한 일이다. 모든 것이 예정되어 있던 것처럼. 기차가 연기를 뿜으며 나를 기다리고 있구나. 그리고 내 손에는 운명처럼 검은 가방이 들려 있구나. 도시의 불빛이 고동친다. 출발을 알리는 기적 소리가 들린다.' 광대는 가방에서 모자를 꺼내어 쓴다. 광대의 손등에 돋아 있는 잿빛 털이 질주하는 기차 불빛에 드러난다. 발밑으로 드리워진 앙상한 꼬리가 드러난다. 광대는 밧줄 위로 몸을 웅크린다. 그것은 서서히, 서커스 무대를 굽어보는 모자 쓴 원숭이의 검은 형상을 이룬다. 관객들의 외침 소리가 들려온다. 어두운 불빛의 동그라미가 추락하는 광대의 몸을 고요히 뒤쫓는다

서커스의 현장이다. "가련한 꼽추 광대의 줄타기" 순서다. 사다리를 타고 높은 곳으로 올라가서 줄을 타고 반대쪽 사다리로 건너가야 한다. 관객들이 보는 앞에서 꼽추가 사다리를 기어오른다. 좀처럼 사다리는 끝나지 않고 높은 곳에서 광대는 눈을 감는다. 그리고 그 순간 밧줄이 나타난다. 그 밧줄은, 그러나 맞은편 사다리가 아니라, "아득하게 빛나는 기차역"을 향해 뻗어 있다. 광대는 모자를 쓰고 가방을 들고 줄을 탄다. 기차역으로 가려는 것일까. 그 순간, 그래야만 한다는 듯이, 광대는 추락한다.

카프카의 '광대'도 떠오르고 니체의 '차라투스트라'도 생각나게 한다. 대부분 그렇게 읽겠거니와, 이 우화는 인간 조건의 우화로 읽힌다. 이 시의 구조를 도식화하면 이렇다. 사다리-(상승)-밧줄-(추락)-기차역. 그러면 이렇게 옮겨 적을 수 있겠다. 우리는 꼽추 광대다. 힘겹게 사다리를 타고 올라간다, 드디어 우리는 줄을 탄다, 어딘가로 탈주하려고 한다, 그러나 그곳에 이르지 못하고 추락한다. 그것이 인생이다. 아니, 어쩌면 광대의 추락은 스스로 선택한 것처럼 보이기도 하니까, 이 추락이야말로 탈주의 성공일지도 모른다.

이야기 자체도 인간 조건의 알레고리로 그럴듯하지만, 특히 광대의 독백들에서 느껴지는 비극적 위엄이 삶의 영광과 비참을 번갈아 생각하게 해서 인상적이다. "일생일대의 밤이로구나. 잊을 수 없는 서커스의 밤이로구나." 특히 이런 구절 말이다.

서 대 경
1976년 서울 출생.
2004년 『시와세계』 등단.

김혜수의 행복을 비는 타자의 새벽

성 미 정

잠에서 깨버린 새벽 다시 잠이 오지 않아
뒤척이다가 생뚱맞게 김혜수의 행복을
빌고 있는 건 인터넷 메인뉴스를 도배한
김혜수와 유해진의 열애설 때문만은 아닌 거지

김혜수와 나 사이의 공통분모라곤
김혜수는 당연히 모르겠지만
신혼 초 살던 강남 언덕배기 모 아파트의
주민들이었다는 것
같은 사십 대라는 것 그리고
누구누구처럼 이대 나온 여자
가 아니라는 것 정도지만

김혜수도 오늘 밤은 유해진과 기자회견
사이에서 고뇌하며 나처럼 새벽녘까지
뒤척이는 존재인 거지 그래도 이 새벽에
내가 주제 넘게 나보다 몇 배는 예쁘고
돈도 많은 김혜수의 행복을 빌고 있는
속내를 굳이 밝히자면

잠 못 이루는 밤이 점점 늘어만 가고
오늘처럼 잠에서 깨어나는 새벽도
남아도는데 몽롱한 머리로 아무리
풀어봐도 뾰족한 답이 없는 우리 집
재정상태를 고민하느라 밤을 새우느니
타자의 행복이라도 빌어주는 편이
맘 편하게 다시 잠드는 방법이란 걸
그래야 가난한 식구들 아침상이라도
차려줄 수 있다는 걸 햇수 묵어
유해진 타짜인 내가 감 잡은 거지

오늘 새벽은 김혜수지만 내일은 김혜자
내일모레는 김혜순이 될 수도 있는
이 쟁쟁한 타자들은 알량한 패만
들고 있는 나와는 외사돈의 팔촌도 아니지만
그들의 행복이 촌수만큼이나 아득한 길을
돌고 돌아 어느 세월에 내게도 연결되지
말라는 보장도 없지 않은가

그러니 사실 나는 이 꼭두새벽에
생판 모르는 타자의 행복을 응원하는
속없는 푼수 행세를 하며 정화수 떠놓고
새벽기도하는 심정으로 나의 숙면과
세 식구의 행복을 간절히 빌고 비는

사십 년 묵은 노력한 타짜인 거지

'나'는 궁색한 집안 경제와 나의 불면을 치유해달라고 빌면서 한편으로 다른 이야기를 한다. 표면의 이야기는 '생활에 대한 걱정으로 종종 잠을 설치는 내가 이른 새벽에 깨어나 컴퓨터를 켜보니 김혜수의 열애설이 한창이다' 정도의 그야말로 일상적인 내용이겠으나, 이면에 숨은 이야기는 무겁다. 나로 하여금 잠을 설치게 하는 것은 생활의 궁핍이 아니라 김혜수일 수도, 김혜자, 김혜순일 수도 있는 쟁쟁한 타자들이다. 나의 삶에 대한 끊임없는 반성과 성찰이 '나'를 깨어 있게 하는 것이다. 모든 타자들은 타자인 서로를 긴장하게 하고 살아가게 하는 원동력이며 자극제이다. 사십 년 묵은 타짜인 내가 발견한 것은 '타산지석他山之石'이라는 사자성어의 깨우침인 것이다. 그러나 실제로 이 깨우침을 실현하기란 얼마나 어려운 일인가. 가볍지 않은 이야기를 일상의 시시껄렁한 공담空談에 버무려 툭 던지는 성미정의 특기가 돋보이는 시이다. '유해진'과 '柔해진', '타자'와 '타짜'의 유연한 넘나듦을 보는 것도 재미있다.

성 미 정
1967년 강원도 정선 출생.
1995년 『현대시학』 등단.
시집 『대머리와의 사랑』 『사랑은 야채 같은 것』 『상상 한 상자』.

얼음의 문장

손 택 수

아내야, 거기선 지구를 몇 바퀴 돌아온 먼지 한 점도 여행자의 어깨에 내려 반짝일 줄 안단다. 설산에서 흘러내린 물방울은 몇천 년 전 우리 몸속에 있던 울음소리를 닮았지. 네가 아플 때 나는 네팔 어디 설산에 산다는 독수리들을 생각했다. 한평생 얼음과 바위틈을 헤집고 다니던 부리가 마모되면서 더는 사냥을 하지 못하고 꼼짝없이 굶어 죽어가는 독수리들. 그러나, 힘없이 굶어 죽어가는 독수리떼 사이에서 어느 누군가는 마지막 힘을 다해 설산의 바위를 찾아 날아오르지. 은빛으로 빛나는 바위 벽을 향해 날아가 자신의 부리를 부딪쳐 산산이 으깨어버리기 위함이라는데, 자신의 몸을 바위 벽을 향해 내던질 때의 고통을 누가 알겠니. 빙벽 앞에서 질끈 눈을 감는 독수리의 두려운 날갯짓과 거친 심장박동 소리를 또 누가 알겠니. 부리를 부숴버린 독수리의 무모함을 비웃듯 바람 소리가 계곡을 할퀴며 지나가는 히말라야. 주린 배를 쥐고 묵묵히 바위를 타고 넘는 짐승의 다친 부리를 너는 알지. 발가락 오그라드는 뿌리들 뻗쳐오른 뿔 끝에 반짝이는 빛을 알지. 머잖아 쓸모없어진 부리를 탓하며 굶어 죽는 대신 스스로 부리를 부숴버린 독수리는 다시 새 부리를 얻는다. 으깨진 자리에서 돋아나는 새 부리만큼의 목숨을 얻는다. 대대로 숨어 유전하는 설화처럼 몇억 광년을 걸어 내게로 온 아내야, 우리가 놓친 이름들을 헤며 아플 때 네 펄펄 끓는 몸으로 지피는 탄불이 오늘도 공을 치고 돌아온 내 곱은 손을 녹여줄 때 나는 생각했다, 네팔 어디 혹한에 벼린 부리처럼 하늘을 파고든 채 빛나는 설산을.

아내는 지금 아프고 그래서 나는 아내에게 할 말이 있다. 히말라야 설산에 사는 독수리 이야기를 해줄까. 두 종류의 독수리가 있지. 평생 설산을 헤집으며 살다가 부리가 마모된 독수리는 쓸모없어진 제 부리를 탓하며 굶어 죽는다. 그러나 어떤 독수리는 바위에 제 부리를 부딪쳐 박살내고 다시 새 부리를 얻는다. 아내야, 이곳은 히말라야 설산이고 우리는 독수리일지도 모른다. 살아서 굶어 죽거나 죽어서 다시 살거나 할 일이다. 우리는 어느 길을 택해야 하느냐.

단단한 이미지와 투명한 전언이 결합돼 있다. 단단하고 투명하다는 느낌, 그건 바로 얼음의 속성이다. 그러니 '얼음의 문장'이라는 제목이 정확하게 어울린다. 하나 더. 얼음은 녹으면 물이 된다. 달리 말하면, 얼음은 미래의 물을 제 안에 품고 있다. 이 시도 물기를, 그러니까 어떤 정서를 머금고 있다. 그러나 그것은 머금어진 채로 두어야지, 그것을 '삶과 아내에 대한 사랑' 운운하는 식으로 옮겨 적는 일은 이 얼음의 문장을 녹여버리는 일이 될 테니 그러진 말자.

손 택 수
1970년 전남 담양 출생.
1998년 『한국일보』 등단.
시집 『호랑이 발자국』 『목련전차』 등.

목수일 하면서는 즐거웠다

송 경 동

보슬비 오는 날
일하기엔 꿉꿉하지만
제끼기엔 아까운 날
한 공수 챙기러 아파트 공사장에 오른 사람들

집 안에 누워 소리만 들어도 알겠다
딱딱딱 소리는 못질 소리
철그렁 소리는 형틀 바라시 소리
2인치 대못머리는 두 번에 박아야 하고
3인치 대못머리는 네 번엔 박아야
답이 나오는 생활

말하지 않아도 알겠다
손으로 일하지 않는 너가
머릿속에 쌓고 있는 세상은
얼마나 허술한 것이냐고
한 뜸 한 뜸 손으로 쌓아가지 않은
어떤 높은 물질이 있느냐고

딱딱해진 내 머리를
땅땅땅 치는 소리
굳은 본질만 세워두고
거푸집 다시 허무는 소리
비가 오나 눈이 오나
제 몸 덜고 헐어 세상을 올리는
저 빈틈없는 노동의 소리

해설 문혜원

송경동의 시에는 노동현장의 절박함과 생생함이 살아 있다. 용산참사현장
에도, 가리봉 노동자의 시위현장에도, 소외된 노동이 있는 곳에는 어디든지
그가 있다. 1990년대 이후 민중시가 쇠퇴하고 생태시와 대중시가 그 자리를
대신하면서, 노동현장의 실상을 전달하는 목소리 또한 줄어들었다. 뿔뿔이
흩어진 개인의 노동체험이 산발적으로 표출되었을 뿐이다. 이천 년도 십 년
이 지난 시기에 노동자의 단결된 힘을 강조하는 것은 철 지난 듯 낯설고 어색
하다. 그럼에도 불구하고 송경동의 시는 뜨겁고 진지하고 감동적이다. 거침
없이 현장으로 뛰어드는 그의 시에서는, 언젠가부터 우리의 젊은 시에서 자
취를 감춰버린 순수함마저 느껴진다. "한 뜸 한 뜸 손으로 쌓아"올려 세상을
만들 수 있다는 희망, 자신의 노동으로 집을 만들고 세상을 만들어가는 사람
들에 대한 단단한 믿음, 이것이 그의 시를 건강하고 탄탄하게 뒷받침한다. 아
무것도 없는 땅에 건물을 세우듯이 세상을 만들어갈 수 있을 것이라는 시인
의 믿음은 간곡하고 진지하다. 뜨겁고 순수한 노동시를 보는 것이 얼마 만인
가.

송 경 동
1967년 전남 벌교 출생.
2001년『실천문학』등단.
시집『꿀잠』『사소한 물음들에 답함』.

구름葬

송 재 학

낮달이 구름 속에서 머리 내밀 때마다 궁금한 배후, 씻긴 뼈 같은, 해서체 삐침 같은, 벼린 낫의 날 같은, 탁본 흉터 같은 것이 새털구름을 징검징검 뛰어 눈 속을 후비고 들어왔을 때, 낮달과 내 눈동자의 뒤쪽까지 궁금하다 풍장이 신열 앓는 구름 속 잠사이거니 했기에 아주 맑은 정강이뼈 한 줌이 자꾸 풍화되는 것이라 믿었다 그래도 낮달과 내 눈동자의 뒤를 하염없이 따라가고 싶었다 너무 시리거나 너무 여리거나 하여 바람벽에 못질하여 걸 수 없으니 내 눈 속을 비집고 들어온 낮달이다 봄부터 시름시름 앓는 내 백내장의 侵蝕을 돕던 낮달 조각은 다시 구름 걷힌 서쪽 하늘 전체를 차지해 해맑간 몸을 또 씻어내고 있다 저게 맑은 눈물의 일이거니 했다 지금 하늘에는 구름이 끼어 있고, 그사이에 초승달 같은 여윈 낮달이 떠 있다. 시인은 그 낮달을 보고 뼛조각 같다고 느낀다. 이어서 시인의 상상력은 풍장을 거쳐서, 풍장을 패러디해서, 구름장에까지 이른다. 즉, 구름 속에 시체를 던져두어서 나중에 그 정강이뼈가 풍화되어 앙상하게 된 것이 낮달이라고 상상해보는 것이다. 왜 그 낮달이 시인의 눈 속을 비집고 들어갔을까? 또왜 그것이 맑은 눈물의 일이 될까? 시인은 무엇을 구름 속에 던져두고서 구름장을 하였던 것일까? 죽어서 구름 속에 던져져서 곱게 풍화하는 그것은 무엇일까? 혹시 시인의 꿈일까, 숨은 사랑일까, 구름처럼 덧없지만 아름다운 그 무엇일까?

송 재 학
1955년 경북 영천 출생.
1986년 『세계의 문학』 등단.
시집 『얼음시집』 『살레시오네 집』 『푸른빛과 싸우다』
『그가 내 얼굴을 만지네』 『기억들』 『진흙 얼굴』 등.

존 테일러의 구멍 난 자루

송 찬 호

아무도 지켜보는 이 없이,
그 자루의 옆구리에 난 총알구멍으로
존 테일러의 부유한 피와 살이
모두 빠져나가는 데 걸린 시간은
채 다섯 달이 되지 않았다

그렇다고 존 테일러의 마지막 시간이
꼭 쓸쓸했던 것만은 아니다
'천국을 준비하는 사람들'이라는 호스피스 모임에서 나온
부패가 따뜻하게 그의 영면을 도왔고
또 코를 감싸 쥘 만큼의 악취가 그 옆을 지켰다

그러고 보면, 주위에서 그와 같은
납치나 실종사건이 드문 일만은 아니다
존 테일러는 옆구리를 움켜쥔 채
갇힌 자루 속에 웅크리고 누워
그의 허벅지에, 그리고 푸른 자루의 허벅지에

피를 찍어 이렇게 썼다
국가는 개새끼, 왜 나를 도우러 오지 않는 것인가

존 테일러는 다섯 달 만에 어두운
농가 수로에서 뼈만 남긴 채 발견되었다
자루는 아주 가벼웠다
그런데, 그가 입고 있던 양복 안쪽에
새겨진 존 테일러라는 이름은
그의 이름인가 양복 상표 이름인가
이 모든 것은 썩지 아니한가

시의 전반부에서 "존 테일러"는 서부극에 나오는 비운의 총잡이 혹은 국가적 기밀에 연루된 이중 첩보원같이 중요하고 비밀스러운 인물로 여겨진다. 그는 모종의 임무를 수행하다가 납치되어 푸른 자루 속에서 총을 맞은 채 피를 흘리며 죽어갔다. "국가는 개새끼, 왜 나를 도우러 오지 않는 것인가". 투철한 애국심과 사명감으로 제 한 몸을 버린 '그'들이 죽어가는 모습은 비극적이고 아름답다. 지옥훈련을 거쳐 단련된 일급 스파이인 '그'들은 국가 간 혹은 거대세력 간에 이루어진 모종의 결탁과 협상의 결과로 제거된다. 기밀을 수행했던 자는 그 기밀을 누설할 위험 때문에 임무가 끝나면 죽어야 한다. 토사구팽兎死狗烹이라지 않는가. 그래서 '그'들의 죽음은 비극적일 수밖에 없다.

그러나 이 모든 이국적이고 드라마틱한 풍경은 마지막 연에서 산산이 부서진다. '존 테일러'는 비극적 영웅의 이름이 아니라 죽은 자의 양복에 새겨진 상표 이름이었던 것. 총잡이도 스파이도 아닌 그저 그런 평범한 인간인 사내는 농가 수로에 박힌 볼품없는 시체로 발견되었다. 빚에 몰려 쫓기고 있었거나, 돈을 목적으로 납치당했거나, 사소한 다툼 끝에 우발적 살인의 대상이 되었거나, 다섯 달 동안 아무도 찾지 않고 찾아가지도 않은 뼈만 남은 시체. 살과 피는 사라져 누구인지 알아볼 수 없으나 양복 상표는 썩지 않고 선명하게 남았다. '존 테일러'. 서늘하지 않은가.

송 찬 호
1959년 충북 보은 출생.
1987년 『우리시대의 문학』 등단.
시집 『흙은 사각형의 기억을 갖고 있다』 『10년 동안의 빈 의자』
『붉은 눈, 동백』 『고양이가 돌아오는 저녁』 등.

발끝의 노래

신 영 배

바람이 문자를 가져간다
이것은 창가에 매달아놓은 육체 이야기

창문을 열면
귀에서 귀로 냄새가 퍼졌다

그 발바닥을 보려면
얼굴을 바닥에 붙여야 하지
아무도 공중에 뜬 자국을 보지 못한 때
문자가 내려와 땅을 딛으려는데
바람이 그것을 가져갔단 말이지

구더기처럼 그림자가 떨어졌다

한 줄 남기고 다 버려 우리들의 문학수업

시외로 가는 차량 근처에 너를 떼어버리고 오다
멀리멀리 가주렴 문장아, 내가 사랑했던 남자야

살갗 같았던 문장과 이별하고도
아름다운 시 한 편 쓰지 못하는 나는
목만 끊었다 붙였다

태양 아래 서서 혼자 부르는 노래
내 그림자 길이만큼 땅을 판다
내 그림자를 종이에 싼다
내 그림자를 땅에 묻는다
내 그림자 무덤에 두 번의 절
그리고 축문

오늘 나는 그림자 없이 일어선다
흰 눈동자의 날
빛이 들어오지 않는 방을 완성할 즈음
내 발목을 잡는 검은 손
어제 장례를 치른 그림자가 덜컥 붙는다
발끝을 내려다봐
끊은 목 아래
꿈틀거리는 애벌레들

이별은 계속된다

바람이 문자를 가져간다
이것은 창가에 매달아놓은 육체 이야기

붙이고 붙인 살덩이를 끊고 끊어
차분히 내려놓을게
공중에 뜬 발바닥 아래로

다 내려놓을 테니 다 가져가란 말이지

　이 시인의 최근 시집을 읽어보니 이 시인의 상상세계에서 '흘러내리다' 라는 서술어는 중요한 의미를 갖는 것 같다. 가장 높게는 머리, 그다음으로는 혀, 그다음으로는 팔과 다리 등이 자꾸만 몸의 가장 아래쪽으로 흘러내리려고 한다. 몸의 가장 아래쪽은 어디인가? 발끝이다. 흘러내리는 것들은 발끝에서 어디로 가나? 그것들은 시커멓게 고이고 번져서 그림자가 된다. 말하자면 이 시에서 시인이 왜 "발끝"과 "그림자"에 사로잡혀 있는가를 이해하기 위해서는 이런 얘기들을 함께 해야 한다. 이 무의식의 논리를 깊이 천착할 여유가 지금은 없으니 다만 그녀에게는 시를 쓰는 일 역시 몸에서 흘러내린 것들을 수습하는 행위로 상상된다는 점만을 지적해두자.

　그래서 시는 "발끝의 노래"다. 이 시의 기본 정황은, 공중에 매달아놓은 몸에서 문자가 흘러내리는데 그것들이 바람에 날아가버린다, 정도일 것이다. "아름다운 시 한 편" 쓰는 일이 그렇게 어렵다. 시 쓰기의 실패는 시인으로 하여금, 몸에서 흘러내린 것을 "구더기"나 "애벌레"에 비유하게 만들고, 발끝에 고인 "그림자"를 장사葬事 지내게 만든다. 이 시는 결국 그 실패에도 불구하고 계속 쓰겠다는 비장한 의지를 말하는 것에서 끝나는데, 그 의지를 이 시인의 상상력의 논리에 맞게 표현하면, 나는 모든 것이 끊어지고 부서지고 흘러내려 한 편의 시를 이룰 때까지 내 몸을 공중에 매달겠다, 정도가 될 것이다. 이 장면을 한동안 잊기 어려울 것 같다.

신 영 배
1972년 충남 태안 출생.
2001년 『포에지』 등단.
시집 『기억이동장치』『오후 여섯 시에 나는 가장 길어진다』.

격발된 봄

신 용 목

나는 격발되지 않았다 어느 것도 나의 관자놀이를 때리지 않았으
므로
나는 폭발하지 않았다

꽁무니에 바람 구멍을 달고
달아나는 풍선

나의 방향엔 전방이 없다 끝없이 멀어지는 후방이 있을 뿐

아무 구석에 쓰러져 한때 몸이었던 것들을 바라본다
한때 화약이었던 것들을 바라본다

봄의 전방엔 방향이 없다 끝없이 다가오는 허방이 있을 뿐

어느 것도 봄의 관자놀이를 때리지 않았으므로 봄이 볕의 풍선을
뒤집어쓰고 달려가고 있다

살찐 표적들이 웃고 있다

　제목은 "격발된 봄"이라는데, 시의 내용에서는 아무것도 격발된 바 없다. 어느 것도 "관자놀이를 때리지 않았으므로" '나'도 봄도 폭발하지 않았다. 바람이 빠져 푸르르 허공으로 날아가는 풍선처럼, 방향도 없고 표적도 없다. 폭발하기에는 에너지가 모자랐을까. 전방도 없이, 방향도 없이 푸르르 탈탈 날아가다가 어느 구석에 철퍼덕 바람이 다해 떨어진다. 한때는 나를 격발시키는 "화약이었던 것들"도 있으나, 이제 아무것도 나의 관자놀이를 자극하지 않는다. 그러나 나의 심경과 무관하게, 봄이라는 계절에는 그것 자체가 가지고 있는 설레임과 흥분과 충동이 있다. 공기가 다 빠진 풍선인 나는 맥없이 앉아서 봄볕을 바라보고 있다. 경쾌하고 들뜬 봄날, 망연자실 구석에 쓰러져 있는 나의 모습이 대조를 이룬다. 그럼에도 불구하고 이 시는 절망감보다는 멜랑콜리한 느낌을 준다. 신용목의 적지 않은 시들이 그래서 아름다웠듯이.

신 용 목
1974년 경남 거창 출생.
2000년 『작가세계』 등단.
시집 『그 바람을 다 걸어야 한다』 『바람의 백만번째 어금니』.

전염병

신 해 욱

그는 나에게 질문을 던지고 싶어했다.

꿈속에서 죽은 쥐가
지금 어디에서 썩고 있는지 아니.

*

그는 나로부터
확실한 거리를 유지하고 있었지만
그러면서도 그는 나의 눈에
달라붙어 있었다.
끈적끈적하기가 이루 말할 수 없었다.

손을 쓸 수가 없었다.

더듬더듬
침이 가득 고인 입으로는 답을 할 수가 없었다.

독을 먹은 게 내가 아니라면

그런 게 아니라면
말로 할 수 없는 이런 슬픈 사연이란
무엇일까. 정녕.

*

나에게 있는

그 아니면 쥐.
열이 있는

그 아니면 쥐.

체온을 유지하는 일은
어떻게 해야 하는지 아니.

일단 '그'는 '나'와 분리되어 있다. 거리를 유지하고 '나'에게 질문을 던진다. "꿈속에서 죽은 쥐가/지금 어디에서 썩고 있는지 아니". '나'는 무방비상태로 '그' 앞에 놓여 있다. 대답을 하고 싶지만 말할 수가 없다. 입에는 침이 가득 고이고 눈은 끈적끈적하다. 즉 '나'는 곪아서 썩고 있는 것이다. 하지만 '나'는 독을 먹은 것은 아니다. 그렇다면 말도 할 수 없고, 눈도 깜박일 수 없고, 체온조차 조절할 수 없는 이 딱한 상황에 얽힌 슬픈 사연은 무엇인가? 마지막을 보면 "꿈속에서 죽은 쥐"는 내 안에 있음을 알 수 있다. "그 아니면 쥐"를 품음으로써 '나'는 쥐와 같이 썩으며 내 눈에 달라붙는 '그'와 떨어지지 못한다. 체온을 유지하는 방법은 간단하다. "그 아니면 쥐"를 몸에서 끄집어내어 버리는 것이다. 그러나 그럴 수 있다면 '전염병'이겠는가. 나도 모르는 사이에 '그'에게 감염된 '나'는 '그'를 온통 몸 안에 몰아넣고 곪고 앓는다. 어쩌겠는가. 아마도 사랑이 그러한 것을.

신 해 욱
1974년 춘천 출생.
1998년 『세계일보』 등단.
시집 『간결한 배치』 『생물성』.

해바라기

해바라기 길 가다가 서 있는 것 보면 나도 우뚝 서보는 것이다
그리고 하루에도 몇 번이고 쓰고 벗고 하는 건방진 모자일망정
머리 위로 정중히 들어올려서는
딱히 누구라고 할 것 없이 간단한 목례를 해 보이고는
내 딴에는 우아하기 그지없는
원반 던지는 포즈를 취해보는 것이다
그럴까
해를 먹어버릴까
해를 먹고 불새를 활활 토해낼까
그래 이렇게 해야 한다는 거겠지
오늘도 해 돌아서 왔다.

  왜 이 시의 "해바라기"는 불타는 것 같은 느낌이 드는 걸까. 노오란 해바라기 꽃밭이 주는 밝고 따스한 느낌 대신 강렬함이 시 전반을 지배한다. 이 시에서 해바라기는 실제 꽃이 아니라 시인의 자화상에 가깝다. 고흐의 누르죽죽한 갈색에 가까운 해바라기 또한 그렇지만, 이 시의 해바라기는 고흐의 그것과도 다르다. "해를 먹어버릴까/해를 먹고 불새를 활활 토해낼까"에서 느껴지는 강렬한 불타오름. 그 강렬함에는 죽음의 냄새가 배어 있다. 해를 향해 원반을 던지는 포즈. 시인은 생의 종말을 앞두고 건곤일척乾坤一擲 시 한 편을 걸었던 것일까. 해를 바라보는 해바라기가 아니라 차라리 스스로 해가 되고자 하는 소원대로, 그는 이제 해가 되었다. 오늘 해를 돌아서 오지 않고 해에게로 갔다. 왜 모든 절명시에서는 피 냄새가 나는 것일까. 유고시임을 알지 못한다고 해도, 이 시에서는 생의 마지막 불꽃의 강렬함이 진하게 감지된다. 타고난 시인은 자신의 죽음조차 예견하는 것일까.

신 현 정
1948년 서울 출생(2009년 10월 별세).
1974년 『월간문학』 등단.
시집 『대립』 『염소와 풀밭』 『자전거 도둑』 『바보사막』.

새

심 보 선

우리는 사랑을 나눈다.
무엇을 원하는지도 모른 채.
아주 밝거나 아주 어두운 대기에 둘러싸인 채.

우리가 사랑을 나눌 때,
달빛을 받아 은회색으로 반짝이는 네 귀에 대고 나는 속삭인다.
너는 지금 무엇을 두려워하는가.
너는 지금 무슨 생각에 빠져 있는가.

사랑해. 나는 너에게 연달아 세 번 고백할 수도 있다.
깔깔깔. 그때 웃음소리들은 낙석처럼 너의 표정으로부터 굴러떨
어질 수도 있다.
방금 내 얼굴을 스치고 지나간 미풍 한 줄기.
잠시 후 그것은 네 얼굴을 전혀 다른 손길로 쓰다듬을 수도 있다.

우리는 만났다. 우리는 여러 번 만났다.
우리는 그보다 더 여러 번 사랑을 나눴다.
지극히 평범한 감정과 초라한 욕망으로 이루어진 사랑을.

나는 안다. 우리가 새를 키웠다면,
우리는 그 새를 아주 우울한 기분으로
오늘 저녁의 창밖으로 날려 보냈을 것이다.
그리고 함께 웃었을 것이다.
깔깔깔. 그런 이상한 상상을 하면서 우리는 사랑을 나눈다.

우리는 사랑을 나눌 때 서로의 영혼을 동그란 돌처럼 가지고 논
다.
하지만 어떻게 그럴 수 있지?
정작 자기 자신의 영혼에는 그토록 진저리치면서.

사랑이 끝나면, 끝나면 너의 손은 흠뻑 젖을 것이다.
방금 태어나 한 줌의 영혼도 깃들지 않은 아기의 살결처럼.
나는 너의 손을 움켜잡는다. 나는 느낀다.
너의 손이 내 손 안에서 조금씩 야위어가는 것을.
마치 우리가 한 번도 키우지 않았던 그 자그마한 새처럼.

너는 날아갈 것이다.
날아가지 마.
너는 날아갈 것이다.

　　누군가와 사랑을 나누는 것은 그 사람과 함께 새 한 마리를 키우는 일. 이렇게 시작했으니 이제부터 뭔가 아름답고 낭만적인 이야기를 들려드리고 싶지만 그럴 수가 없네요. 사랑이라고 말은 했지만 사랑인지 아닌지 모르겠습니다. 우리는 무엇을 원하는지 몰라요. 상대방의 생각도 알지 못하죠. 사랑한다는 말은 얼마든지 할 수 있지만 그게 도대체 무슨 말인지 나는 모르겠습니다. 다만 우리의 사랑이 "평범한 감정과 초라한 욕망으로 이루어"져 있다는 것은 잘 알겠어요. 그걸 모른 척하느라 우리는 자주 "깔깔깔" 웃습니다. 그러는 동안에 우리는 점점 야위어가지요. 네, 이런 식입니다. 이제 처음 문장을 다시 한번 적어볼까요? 누군가와 사랑을 나누는 것은 그 사람과 함께 새 한 마리 키우는 일. 아니오, 우리는 새를 키운 적이 없습니다. 키웠다면 우리는 그 새를 아주 우울한 기분으로 날려 보냈겠지요. 아니, 새를 키우긴 했군요. 나는 너에게, 너는 나에게, 우리는 새였던 거군요. 우리는 결국 서로를 떠나 날아가고 말 것이겠군요.

심 보 선
1970년 서울 출생.
1994년 『조선일보』 등단.
시집 『슬픔이 없는 십오 초』.

아침에

위 선 환

당신이 보고 있는 강물빛과 당신의 눈빛 사이를 무어라 이름 지을 것인가

시간의 저 끝에 있는 당신과 이 끝에 있는 나 사이는 어떻게 이름 부를 것인가

고요에다 발을 딛는 때가 있다 고요에다 손을 짚는 때가 있다

머뭇거리며 딛는 고요와 수그리고 짚는 고요 사이로 온몸을 디밀 었으니

지금, 내 몸에 어리는 햇살의 무늬를 어떤 착한 말로 읽어내야 할 것인가

나뭇잎과 나뭇잎의 그림자 사이를 나뭇잎이 나뭇잎의 그림자가 되는 사이라 읽으니,

한 나무는 다른 나무 쪽으로 가지를 뻗고 다른 나무는 한 나무 쪽 으로 가지를 뻗어서

두 나무는 서로 어깨를 짚어주는 사이라 읽으니,

시를 쓴다는 것은, 우리가 체험한 어떤 특정 시공간에 이름을 붙이는 것이라고 생각해볼 수 있다. 시인은 강물빛과 눈빛, 당신과 나 사이에 있는 공간에 대해 주목한다. 그리고 고요 속으로 들어가서 그 공간의 이름을 비유적으로 얻는다. 그 이름은 '나뭇잎과 나뭇잎의 그림자가 되는 사이'이고, "서로 어깨를 짚어주는 사이"다. 어떤 관계가 그런 이름으로 불러줘도 좋은 관계일까 궁금해진다. 아마도 그리워하는 관계, 또는 사랑하는 관계일 것이다. 아울러, 우리가 고요해지는 공간도 다 같은 공간이 아니다. 시인은 그 다른 공간에 "머뭇거리며 딛는 고요"나 "수그리고 짚는 고요"라는 이름을 준다. 그 두 가지 고요가 어떻게 다른 공간인지를 고요하게 생각해보는 것만으로도 이 시를 읽는 보람이 있을 것이다.

위 선 환
1941년 전남 장흥 출생.
2001년 『현대시』로 작품활동 시작.
시집 『나무들이 강을 건너갔다』 『눈 덮인 하늘에서 넘어지다』
『새떼를 베끼다』 『두근거리다』 등.

버드나무집 女子

버드나무 같다고 했다 어탕국수집 그 여자, 아무 데나 푹 꽂아놓아도 사는 버드나무 같다고…… 노을 강변에 솥을 걸고 어탕국수를 끓일 때, 김이 올라와서 눈이 매워서 솥뚜껑을 들고 고개를 반쯤 뒤로 빼고 시래기를 휘저을 때, 그릇그릇 매운탕을 퍼 담는 여자를, 애하나를 들처업은 여자를, 머릿결이 치렁치렁한 여자를

아무 데나 픽 꽂아놓아도 사는
버드나무 같다고
검은 승용차를 몰고 온 사내들은
버드나무를 잘 알고 물고기를 잘 아는 단골처럼
여기저기를 살피고 그 여자의 뒤태를 훔치고
입 안에 든 어탕국수 민물고기 뼈 몇 점을
상 모서리에 뱉어내곤 했다

버드나무, 같다고 했다

　예부터 문학적 상상력 속에서 버드나무는 아름다운 여자와의 이별을 뜻한
다. 생긴 모습이 우선 아름다운 여자와 같다. 그리고 여자가 떠나는 남자에게
버들가지를 꺾어주며 가는 곳에 심어두고 자라면 자기를 보는 듯이 보면서
자기를 잊지 말라는 의미가 있다. 이 시에서 버드나무집 여자는 좀 다른 분위
기다. 특별히 예쁘지도 않으면서 묘하게 남자의 눈길을 끄는 그런 여자, 거친
삶에 익숙해져 있는 대담함 같은 것이 있는 여자.

유 홍 준
1962년 경남 산청 출생.
1998년 『시와반시』 등단.
시집 『喪家에 모인 구두들』 『나는, 웃는다』.

잉글리시 애프터눈

비구름은 몇 날을 머물러 있다
창밖의 여린 나무와 눈이 마주친다
내 고독을 파고드는 저 나무

그는 아직 도착하지 않았다
지금 길을 나섰다면 이미 일생이 흐른 것이다
카페 주인이 걸어놓은 음반을 따라 성궤는 한없이 맴돈다

언제부터 저 나무를 전별하고 있었던 걸까
다향이 다 우러나도록 비는 내리고 또 내리는데
언제부터 나는 앉아 있었던 걸까
이 여행은 도대체 시작이라도 있었는가 말이다
그러니 나를 바라보는 저 가녀린 나무는 신목이다
모든 생장점을 닫고 고사 중인

낯선 오후 그는 아직 도착하지 않았다 기다리지 말라고 말끝을 흐
리긴 했지만 그건 영원마저 기다려달라는 소리였다 그의 슬픈 얼굴
을 본 적은 없다 그의 미소를 본 적도 없다 그가 건너오는 전생을 그
가 무겁게 끌고 오는 지평선을 내가 기다리는 건 그가 아닐지 모른

다 내가 떠날 시간을 기다리거나 비가 그치길 기다리거나 창밖을 보니 나무는 이미 떠나고 없다 아무도 다니지 않는 거리 모두 사라진 지구에서 퇴적층처럼 고요히 묻혀가는 오후

카페에 들어서자
처음 보는 주인이 두고 간 게 있냐고 물어본다
그냥
누군가 금방 일어선 듯한 의자에 앉아 기다리기로 한다

해설 문혜원

윤의섭은 여전히 현실과 너머의 시간을 넘나들고 있다. 이번에는 카페다. 시인은 카페에서 올지 안 올지 모르는 '그'를 기다리고 있다. 찻잎은 우러나고 비는 내리고, 창밖의 나무를 바라보며 시인은 잠시 몽롱한 시간 속으로 빠져든다. 오래전부터 이 자리에 앉았던 것 같은 착각. 그 속에서 시간은 흘러서 나무는 고사하고 나 또한 떠나야 할 시간이 되었다. 온다던 '그'는 전생에서 이승을 건너오고, 창밖 나무는 이승에서 저승으로 건너갔다. 일순간 시간이 멎는다. 모든 것은 떠나고 텅 빈 공간에 혼자 남았다. 이것은 꿈인가 현실인가. 처음 보는 주인은 두고 간 게 있느냐고 묻는다. 두고 간 것은 아마도 '나'이고, '나'가 배회하는 중첩된 시간들일 것이다. 의자에서 금방 일어난 누군가는 결국 '나'인 것이다. 음반에서 노래가 반복되어 흐르듯이, '나'의 시간 또한 중첩된다. 그 중첩의 경계에 이음새가 없어졌다. 덕분에 윤의섭의 최근 시는 한결 매끄럽고 유연해졌다.

윤 의 섭
1968년 경기도 시흥 출생.
1994년 『문학과 사회』 등단.
시집 『말괄량이 삐삐의 죽음』 『천국의 난민』
『붉은 달은 미친 듯이 궤도를 돈다』 『마계』 등.

네가 사라지고

이 근 화

네가 사라지고도 너는 남아 있을 거야

갓 지은 밥 냄새를 훔치다가
다 된 빨래 냄새에 코를 맡기다가
목구멍으로 사라지는 냄새들의 운명을 점치다가

나에게 영원히 속해 있는 나의 손가락을 헤아려본다
날마다 씻는데도 줄어들지 않는군

아이들과 노인들은 쉽게 버려지고 버려진 기분으로 스스로를 버
리고 버린 후에 버린 것들을 천천히 밟는다
작은 발로 쭈글쭈글한 발로 짓이긴다

네가 사라진 자리에 너는 남아 활시위를 당긴다

사과알처럼 붉고
사과씨처럼 분명하고

아침인데 무엇이든 삼키고 보니

너의 복수는 달콤한 데가 있다

네가 사라지고도 너는 남아 있을 거야

피부 밑에 펄떡이는 혈관처럼
입속의 검은 방패처럼

내 기분과 감정이 한때 너의 것과 같았지만
나와 너는 팽팽히 당겨지고

물고기 한 마리가 튀어 오르고 어항 속이 고요해진다
베란다 밖으로 날아가는 빨래가 주말 오후를 찢어놓는다

그런데 오늘은
말이 많고
많이 먹고
아무 냄새도 풍기지 않는다

네가 아직 나의 곁에 아슬아슬하게

한 줄짜리 연 네 개가 후렴구처럼 박혀 있고 그 사이에는 딴청 피우듯 은은하게 후렴구를 보조하는 문장들이 있다. 이런 식으로 읽자. "네가 사라지고도 너는 남아 있을 거야."(1연) 사라지는 냄새들과는 달리 여전히 그 자리에 있는 내 손가락들처럼. 그건 우리가 아이들이나 노인들과 달라서 버림과 버려짐에 쉽게 순응하지 못하기 때문. "네가 사라진 자리에 너는 남아 활시위를 당긴다."(5연) 네가 여전히 "사과알처럼 붉고/사과씨처럼 분명하"게 남아 있다는 이 느낌이 날 사로잡는 것은 어쩌면 너의 복수일까. "네가 사라지고도 너는 남아 있을 거야."(8연) 우리는 한때 하나처럼 비슷했지만 이제 우리는 팽팽한 긴장 속에 있네. 그 긴장은 물고기 한 마리가 어항 밖으로 튀어 오르고 빨래가 베란다 밖으로 날아가는 것과 같은 그런 긴장. 오늘 나는 아슬아슬하다. 그래서 말을 많이 하고 많이 먹고 냄새를 풍기지 않는다. "네가 아직 나의 곁에 아슬아슬하게."(13연) 다 읽었다. 보시다시피 이 시인의 재능은 이런 분야에서 빛난다. 이를테면 '기분의 현상학'이랄까.

이 근 화
1976년 서울 출생.
2004년 『현대문학』 등단.
시집 『칸트의 동물원』 『우리들의 진화』.

줄넘기

이 기 성

아빠여, 우리의 세계는 흐릿합니다
오늘부터 줄넘기의 규칙이 없어지고
공중에 떠오른 스무 개의 발과 스무 개의 발이 동시에 착지를
붉은 등과 파란 등이 동시에 켜지고
아빠의 귀가 점점 커집니다 목도 길게 늘어나지요
아빠의 커다란 배, 그것은 희고 출렁이는
이상한 감정을 유발하지만
120킬로를 훌쩍 넘은 몸이 공중에 떠 있을 때,
떨어지는 햇빛에 걸려 꿈틀거리는 아빠여
가족들이 소풍 떠나는 일요일에도
아빠의 발은 조금 더 자라고 기다란 귀가 더 커지고
김빠진 맥주처럼 감각 없는 발이 걸어가는구나
아빠는 닭발을 먹지 않는구나
그러나 공원에는 잿빛 비둘기들
하얀 머리카락을 가진 아빠는
하나, 둘, 셋 고독한 줄넘기를 배우고
구슬피 울면서 펄쩍 뛰어오르는 것입니다
다정한 가족들이 예의 바르게
흰 손수건을 잔디밭에 펼쳐놓고

규칙적으로 점심을 먹을 때

이런, 떨어지는 줄에 발이 걸려

가족들은 갑자기 아빠를 발견하고

애야, 너는 가족을 잃었구나

줄넘기를 잘하는 미아가 되었구나 그리고

아이의 몸에서 이상한 냄새가 난다고 울부짖는 것입니다

줄넘기의 규칙과 질서가 오늘은 열차처럼 사라지고

머리를 쥐어뜯으며 복수 따위를 꿈꾸지 않는 오후에

햇빛이 두 눈을 찌르고 또 찔러서

아빠여 우리의 세계는 흐릿합니다

아직 푸른 안개에 젖은 듯

너무 먹구름에 젖은 듯

거대한 줄에 걸린 발목이 차가워집니다, 아빠여

줄넘기의 규칙은 엉망이 되었습니다. 줄넘기를 하면 날씬하고 건강해져야 할 텐데, 이 시대의 아빠는 줄넘기를 하면 할수록 귀가 커지고 목이 늘어납니다. 커다란 배는 또 어떻고요. 체중은 120킬로가 넘습니다. 줄넘기의 규칙이 엉망이 되자, 가족의 규칙도 엉망이 되었습니다. 가족이 소풍을 떠나면 대개 아빠는 (뭐, 가부장적인 풍경이라고 할 수도 있겠지만요.) 가장 좋은 자리에 앉아서 온화하고 인자한 미소로 가족들을 보살피곤 하잖아요. 그런데 이 시대의 아빠는 소풍을 가서도 "잿빛 비둘기"처럼 천덕꾸러기가 되어서는 예의 그 줄넘기를 계속하고 있군요. 그러거나 말거나 가족들은 무심하다가, 아빠가 넘어지기라도 하면 그제야 관심을 보이는데, 한다는 소리가 이겁니다. "얘야, 너는 가족을 잃었구나/줄넘기를 잘하는 미아가 되었구나." 실패하는 즉시 버리는 군요, 아빠를 말입니다. 줄넘기의 규칙이 엉망이 되었고 가족의 규칙도 엉망이 되었는데 다른 것인들 제대로 되고 있는 게 있을까요. 이 세계는 이상해져갑니다. 우리가 알던 세계는 흐릿해졌어요. 우리 시대의 아빠는 우리 시대의 징후입니다. 시스템의 강요 속에서 필사적으로 줄넘기를 하고 또 해도 우리는 "거대한 줄"에 걸려 넘어집니다. 도대체 이 줄은 누가 돌리는 것일까요?

이 기 성
1966년 서울 출생.
1998년 『문학과사회』 등단.
시집 『불쑥 내민 손』.

내일은 지루하지 않을 것이다

이 기 인

새 한 마리 멍든 하늘을 날아다닌다, 아픔이 많은 하늘이다

쇠파이프를 옆에 놓은 이는 꽃잎 위로 떨어지는 빗소리를 고요히 듣는다

총총히 빛나는 별을 용접기로 뜯어낸다

탄피처럼 쏟아지는 빗물은 쇠파이프를 잡은 손의 감각을 용서하라고 한다

흔들리는 별빛을 장전한 이는 찌그러진 가슴을 자꾸 펴본다, 돌아오라 내 가슴아 탕 탕 탕,

녹슬어가는 공장의 지붕 위를 빗소리 타다닥 뛰어가서 몸을 낮춘다

가늘고 긴 목과 어깻죽지를 겨냥한 이의 눈알은 성난 무늬를 닮아간다

내일은 지루하지 않을 것이다, 내일은 질퍽하지 않을 것이다

처마에서 떨어지는 빗물은 따끔거리지만 수면 위의 꽃을 둥글게 피운다

어둠 속의 무릎은 으르렁거리는 어둠을 한 마리 데리고 있다

어깻죽지를 펴고 목을 빼고 더 멀리 날아가는 돌멩이의 연륜

그들은 주먹밥 같은 돌멩이를 쥔다

늘어진 파업을 등에 업은 돌멩이가 길바닥으로 날아간다

한 노동자가 있다. "가늘고 긴 목"을 가진 사내다. 용접공인 듯하다. 그의 옆에는 쇠파이프가 있다. 파업투쟁 중이다. 장기전이다. 비 내리는 밤이다. 그는 어둠을 노려본다. 어둠 속에 적이 있는가. 아니 어둠 그 자체가 그의 적이다. 그것은 절망이다. 그 절망을 향해 그는 희망처럼 돌멩이를 집어 던진다. 그러면서 믿는다. '내일은 지루하지 않을 것이다, 내일은 우리의 삶이 질퍽하지 않을 것이다.' 빤한 얘기라고? 확실히 그렇다. 그런데 그런 얘기를 하는 이 시는 조금도 빤해지지 않았다.

어떤 방법론이 그렇게 만들었나. 대개 묘사 아니면 진술이 시를 끌고 나가게 되는데, 이런 종류의 내용이라면 으레 진술이 더 앞서 나가기 마련이다. 그런데 이 시는, 앞서 인용한 저 문장을 제외하면, 모두 묘사다. 그 묘사가 쇠파이프-용접기-탄피-돌멩이로 구성되는 계열과 하늘-꽃잎-별-빗물로 구성되는 계열을 유려하게 바느질하면서 진행된다. 그 덕분이다. 고통, 절망, 의지, 희망…… 따위의 말을 한 번도 사용하지 않았지만 이 시에는 그것들이 다 있다. 탁월한 기교다.

이 기 인
1967년 인천 출생.
2000년 『경향신문』 등단.
시집 『알쏭달쏭 소녀백과사전』 『어깨 위로 떨어지는 편지』.

무심히 아무렇지도 않은 듯이

이 병 률

당신은
엄지손가락 하나가 없다

나사를 풀어버린 것 같다는 농담이 잠시 내 손가락을 스치지만
손을 가리는 당신이
보여주지 않으려 조심하는 손

왜 그랬어요
나도 모르게 성큼 튀어나온 말에 실내등이 불안정했다
잘렸을까
잘랐을까
그때는 잠시였을까
손가락이, 몸에서 떨어져 나간 시간이 깊이 패여
그 순간부터 지금까지 손은 아팠던 것이며
기억할수록 아파야 할까

당신 때문에 내가 열인 것을 알겠다

사람들은 얼굴이 둥글게 태어났다

무심히 얼굴이 네모진 사람만 빼면
사람들은 모두가 착하다
무심히 문제를 일으키는 사람을 빼면

우리들은 누구나 죽는다
생몰년 뒤에 ? 표시를 한 사람을 제외하면
우리들은 누구나 마른 양말을 신는다
빗물이 스미지만 않는다면

마주 잡은 손 꼭 잡지 못하는
당신은 손가락 아홉 개가 있다

엄지손가락이 잘려서 손가락이 아홉 개인 사람에 대한 시다. 그는 손가락이 하나 없음을 "무심히 아무렇지도 않은 듯이" 행동하지만, 사실은 "기억할수록 아"프다. "나도 모르게 성큼 튀어나온 말에 실내등이 불안정했다/잘렸을까/잘랐을까"라는 구절은 생생하게 사고의 순간을 재생시킨다. 시의 후반부에서 시인은, 남의 결핍이 나의 충족이 되고, 남의 장애가 나의 정상을 확인시켜주는 것이 되고, 남의 예외가 나의 보편을 증거하는 것이 되는 세상을 반성한다. 손가락을 잘린 사람을 빼면 모두 손가락이 열 개이듯이, "얼굴이 네모진 사람만 빼면" 모두 얼굴이 둥글다. 이 말은 곧 그런 사람을 빼지 않고 생각해보라는 뜻일 것이다.

이 병 률
1967년 충북 제천 출생.
1995년 『한국일보』 등단.
시집 『당신은 어딘가로 가려 한다』 『바람의 사생활』 『찬란』.

시창작 연습 1

이 성 복

우리 집 방바닥은

너무 높거나 너무 낮다

너무 높을 때는 아내가 엄마 대신

나를 몹시 때릴 것 같고

너무 낮을 때는 봄 대신 가을이 쳐들어와

내 기쁨 패대기칠 것 같다

나는 우리 집 방바닥이 계단처럼

여러 칸이었으면 좋겠다

첫 번째 계단에는 결혼하기 전

알던 여자를 눕히고

그 바로 위 계단에는 그녀가

낳아보지 못한 내 아이를 누이고 싶다

눕기 싫다고 아이가 앙탈하면

내가 대신 기저귀 차고 드러눕고 싶다

아니면, 피로에 지친 암개미처럼

나 혼자라도 알 까고 싶다

그리고 문득 눈 감으면

그 모든 계단들이 부챗살처럼 접혀

아무도 내 생각 들여다보지 말았으면 좋겠다

　방바닥에 납작 엎드려 방바닥의 높이를 헤아리는 '나'의 모습을 상상해보
자. 혁명에 실패한 김수영은 방을 바꿨지만, 이 시의 '나'는 납작 엎드려 방
바닥의 높이를 재고 있다. 김수영이 그 방의 벽에서 '싸우라'는 환청을 듣는
데 비해, '나'는 아내가 들어와 때리지 않을까, 마음 졸이며 계단으로 이루어
진 방바닥을 상상한다. 계단마다 못 이룬 일들을 늘어놓고 이윽고 거기에 누
워 갓난아기로 돌아가는 꿈을 꾼다. 김수영의 시니시즘이 통하지 않는 시절
에 시인이 꾸는 꿈이다. 시인의 궁극적인 꿈은 암개미처럼 혼자 알을 까는 것
이다. 짝짓기를 끝낸 수개미들이 죽고 떠난 후에도 혼자 남아 알을 까는 것,
살아남아 종족을 보존하는 일. 시인의 게으른 공상은 생산과 생존의 문제로
이어진다. 생존하기 위해 꾸는 꿈, 그것이 시다.

이 성 복
1952년 경북 상주 출생.
1977년 『문학과지성』 등단.
시집 『뒹구는 돌은 언제 잠 깨는가』 『남해 금산』
『그 여름의 끝』 『호랑가시나무의 기억』 『아, 입이 없는 것들』
『달의 이마에는 물결무늬 자국』 등.

비인칭 그래프

이 수 명

눈을 뜨지 않고
나는 오늘 오는 중이다.

얼음과 구름의 그래프 철과 오페라의 그래프 쏟아지는 파과들과
동시다발적인 그래프

나는 솟아나는 중이다. 여기에서 거기로

아름다운 풍습에 물들어 날마다의 밑줄들을 매달고 있는 오선지들
이 탈선하고 있으니까 거기에서 지금으로 내일이 휘어진 것이라면
오늘을 돌파하지 못하겠지 그러니 이젠 아니다. 떨어져 나간 의족에
뺨을 부비고 서서 지금이 내일이다. 내일이 쏟아지는 오늘이다.

떨어져 나간 자물쇠가 저 혼자 열리는 꿈을 꾸고 있으니까

양말이 발을 실현하듯 나는 오는 중이다. 양말을 뒤집어보자. 목
소리가 없다. 목소리 없이 아주 길게 시동이 걸린다. 한꺼번에 춤을
추자. 거기에서 여기로 솟구치는 동안

148

거기를 빌린다. 오늘을 오늘 태어난 표들을 빌린다. 이상한 도표들을 펼치면서 걸어간다. 이건 당나귀 이건 자장가 어디선가 나타나는 또 다른 손목들 언제나 더 많은 붕괴들에 불과하다. 당황하는 통계들에 예를 갖추자. 눈을 뜨지 않고

익명의 그래프들이 일어서고 있다. 번개와 광고의 그래프 빌딩과 총알의 그래프 급진적인 그래프 무너지는 그래프 쓸모없이

나는 오는 중이다.
비인칭 그래프

　사전에 따르면 그래프란 '서로 관계가 있는 두 개 또는 그 이상의 양의 상대값을 나타낸 도형'이다. 그런데 '비인칭 그래프'(='익명의 그래프')란 도대체 무엇인가. 특정한 인칭에 귀속되지 않는 어떤 양을 도형으로 표시한 것이겠다. 이 시에서 '나'라는 1인칭 대명사는 그 비인칭들 전체를 대신한 어떤 '나'일 것이다. 그 '나'는 계속 "나는 오는 중이다"라는 말을 반복한다. 그 어떤 비인칭적인 양들이 우리의 삶의 세계로 부단히 진입해 오고 있는 중이고, 시인은 지금 그것들의 역동적인 진입을 그래프를 보듯이 보고 있다. 얼음과 구름의 그래프, 철과 오페라의 그래프, 쏟아지는 파과破果들과 동시다발적인 그래프, 번개와 광고의 그래프, 빌딩과 총알의 그래프, 급진적인 그래프, 무너지는 그래프…… . 독특한 '인식적 가치'와 수려한 '미적 가치'를 갖고 있어서 '올해의 좋은 시'로 천거했지만, 나는 이 시가 어떤 '정서적 가치'를 품고 있는지는 잘 모르겠다. 이 시는 즐거운 시인가 슬픈 시인가 아니면 제3의 무엇인가. 그러나 이 모호함은 이 시를 자꾸 되풀이 읽도록 유혹하는 매력적인 모호함이다. 다시 한 번 말하거니와 '난해시'라는 말은 투박한 말이다. 원숙한 모호함과 미숙한 모호함이 있고 이것을 구별하는 능력이 곧 안목이다. 이 시를 전자의 좋은 사례로 추천한다.

이 수 명

1965년 서울 출생.
1994년 『작가세계』 등단.
시집 『새로운 오독이 거리를 메웠다』
『왜가리는 왜가리 놀이를 한다』 『붉은 담장의 커브』
『고양이 비디오를 보는 고양이』 등.

밀실을 벗어나

이 승 원

밤이 날개를 펼 때마다 먼 길을 떠나는
미적 모험

1994년 혹은 1995년에 세종문화회관 계단에서 친구가 저주를 걸
었다
넌 절대로 텔레비전에 출연하지 못할 거다*

우리가 무엇인지 궁금해 문을 열고 나왔지만 거실에 우리는 없었
다
광장에도 지하철에도 각각의 '나'만 굽이쳤다

힘을 빼라니 그런 말은 요점을 통 모르겠어
루게릭병을 추구하나
힘이 빠진 그림은 보는 사람마다 힘을 빼고 존다
과잉의 범람에 압도당하고 싶다

실연의 테마는 난립해도 어머니 잘못 만나 상처받은
이야기는 품귀다

요즘 '젊은이들은' 이라며 서두를 꺼내는 비둘기는 실패다
의식의 흐름과 자동기술로 이루어진 주정
자신의 패배를 이용하지 마라

침대에서 모자 쓰고 책 읽기보다는
자전거를 버리고
빨간 결막염의 눈으로 뿔 달린 가면을 쓰고 가자
치졸하고 무모한 격정이
숲에서 나무에 동화된 식물인간보다 탐스럽다

진짜 술은 단 두 가지 안동소주와 보드카
정곡을 찌르는 원초 감각적인 딸꾹질
나태와 향락을 권장하는 곳이 바로 이상국가다

* 장 자크 상뻬, 『사치와 평온과 쾌락』 중에서.

여덟 개의 단락으로 돼 있지만 모두 독립적으로 읽어도 무방하다. 부제는 '이승원주의 선언을 위한 여덟 개의 메모' 정도면 되겠다. 절대로 텔레비전에는 나갈 가능성이 없는, 그러니까 자발적 비주류의 길을 선택한 시인(진짜 시인이라는 얘기다.)이 동료 시인들과 독자 및 평론가들에게, 궁극적으로는 자기 자신에게, 그가 거부하는 것과 옹호하는 것에 대해 말한다. 전자로는 "힘이 빠진" 시, "실연의 테마" "패배를 이용"하기, "침대에서 모자 쓰고 책 읽기" "숲에서 나무에 동화된 식물인간" 등이 있고, 후자로는 "과잉의 범람" "어머니 잘못 만나 상처받은/이야기" "빨간 결막염의 눈"과 "뿔 달린 가면" "치졸하고 무모한 격정" "안동소주와 보드카" "정곡을 찌르는 원초 감각" "나태와 향락" 등이 있다. 이미 첫 번째 시집 『어둠과 설탕』에서 세상에 '빛과 소금'이 되기보다는 '어둠과 설탕'이 되기를 선언한 바 있는 시인답다. 절대로 텔레비전에 출연 못 할 거라는 친구의 저주는 오히려 평균적인 감각과 끝까지 타협하지 말라는 격려에 가까우리라.

이 승 원
1972년 서울 출생.
2000년 『문학과사회』 등단.
시집 『어둠과 설탕』.

사람이 잘 안 죽는 이유

이 영 광

간밤 꿈에 그가 날 웃으며 죽였다
죽이고
죽이고
또 죽였다
나는, 깜짝 놀라
살아나고
살아나고
또 살아났다

나도 그를 꿈속에서 별안간 죽였다
죽이고
죽이고
또 죽였다
그도,
살아나고
살아나고
또 살아났다

죽임은 무위에 그쳐도

죽음은 시트에 얼룩져 있고,
벗어놓은 옷가지처럼
다시 쪼그라드는 귀두처럼, 천천히
살의가 식어간다
탈출엔 성공했는데
해방이 없는 아침

사람은 정말 잘 안 죽는다
이유는 모른다

해설 이남호

어둡고 답답하고 오래 여운이 남는 시다. 서로가 서로를 죽이는 세상(실제로 죽이지는 않더라도 살의가 범람하고, 죽임보다 못하지 않은 여러 종류의 폭력과 야만이 가득한 세상)에 우리가 살고 있음을 이렇게 조용한 목소리로 또 "사람은 정말 잘 안 죽는다"라는 절묘한 반어로 이야기하고 있다. 누구는 죽임보다 더한 야비한 짓들로 나의 삶을 망가뜨리고, 나는 때때로 너무 억울하여 그 누구들을 죽이고 싶은 마음이 들기도 하지만, 그래도 세상은 별일 없이, 혁명도 오지 않고, 그냥 그냥 무의미하게 흘러가는 것에 대해서 시인은 낙심하고 있다. "사람은 정말 잘 안 죽는다"라는 말은 곧 '세상은 정말 잘 안 변한다' 라는 뜻도 내포하고 있는 것 같다.

사족 : 사람이 정말 잘 안 죽는 이유는 우리 사회의 여러 종류의 폭력과 야만이 그래도 죽임만큼은 심하지 않기 때문이 아닐까? 죽임은 너무 심한 메타포가 아닐까?

이 영 광
1967년 경북 의성 출생.
1998년 『문예중앙』 등단.
시집 『직선 위에서 떨다』 『그늘과 사귀다』.

맛있어요!

이 원

동시신호 직전 횡단보도 앞에 어떤 짐승의 배가 터져 있다 터진 모든 순간은 폭죽이라 어리광 같은 네발은 허공을 놓지 않고 있다 어둠에 파먹힌 눈을 반짝이며(어둠이 파먹은 것들은 반짝인다) 고양이 한 마리가 나타난다 터진 몸 안으로 머리를 들이민다 안을 핥는다(샘물을 먹을 때처럼 혀가 단 소리를 낸다) 날것의 맛을 아는 혀와 날것의 맛을 알던 살이 닿는다(가르릉거리는 목구멍과 가르릉거리던 목구멍이 하나씩 뚫려 있다) 산 짐승이 아직 뼈가 놓아주지 않는 살을 이빨로 뜯는다 산 짐승이 죽은 짐승의 살을 씹는다(산 짐승이 산 짐승의 살을 씹어 삼킬 때도 있다) 죽은 짐승은 마지막 숨이 제 몸에서 나가던 때의 표정을 바꾸지 않는다 산 짐승은 제 살을 비집고 나온 울음을 죽은 짐승의 배 속에 떨어뜨린다 여전히 어리광처럼 마주 보고 있는 네발들이 들어 있는 길이 젖 냄새를 풍기며 동그랗게 오므라들고 있다

　횡단보도 앞에 자동차에 치어 죽은 짐승의 시체가 널브러져 있다. 그것을 고양이 한 마리가 파먹고 있다. 모두들 눈을 돌리고 싶은 그 잔인하고 추잡한 풍경을 시인은 아주 냉정하고 낯설게 우리 앞에 재현해주고 있다. 시인은 그만 보고 싶은 그 풍경을 집요하게 우리의 눈 앞에 펼쳐 보여준다. 게다가 괄호 속의 진술들은 생각까지 하게 해준다. 그 풍경과 생각의 연장선상에서, 죽은 짐승과 고양이의 이 잔인한 모습은 우리 사회의 알레고리가 된다. 우리가 맛있게 먹는 권력과 돈과 쾌락이 바로 이런 것이 아닌가!

이　원
1968년 경기도 화성 출생.
1992년 『세계의문학』 등단.
시집 『그들이 지구를 지배했을 때』
『야후!의 강물에 천 개의 달이 뜬다』 『세상에서 가장 가벼운 오토바이』.

봄 빛

이 윤 학

카펫과 이불과 방석을 털던 여자
고개를 돌리고 인상을 쓰던 여자
겨우내 보이지 않았다

몇 송이 안 남은
앞뜰의 목련꽃들
꽃잎이 몇 장밖에 안 남은
앞뜰의 목련꽃들

한 송이 꽃은 꽃잎이
몇 개부터 한 송이 꽃인가

아침나절,
카펫과 이불과 방석을 두드리던 빨랫방망이
대리석 난간 위에 올라 갈라지고 틀어진다

갈라진 벽을 퍽퍽 쳐대던 빨랫방망이
꽃잎이 모으고 있던 봄빛들이
거기로도 들어가 박힌다

해설 문혜원

　봄은 시인으로서는 지나치기 어려운 계절인가 보다. 봄빛은 어디에 있는
가. 겨우내 깔고 있던 눅눅한 이부자리를 터는 행위에 혹은 피고 지는 목련꽃
에. 목련이 지는 것으로 보아 어느 정도 봄이 무르익었나 보다. 부지런한 어
느 집 여자가 "아침나절,/카펫과 이불과 방석"의 먼지를 털어 널고 빨래까지
끝낸 듯, 빨랫방망이가 "대리석 난간 위에"서 잘 마르고 있다. 봄빛은 그 빨
랫방망이의 틀어진 결 사이에도 스민다. 빛이야 공평무사한 것이므로 모든
것을 비추지만, 그것을 섬세하게 언어로 끌어올리는 것은 당연히 시인의 몫
이다. 잔잔하고 사소하지만 구체적인 일상의 봄 풍경이다. 봄빛은 풍경과 햇
살에서 오는 봄기운이 아니라 봄을 맞이하는 여자의 손끝에서 그리고 그것을
포착한 시인의 시선에서 만들어지는 것이다.

이 윤 학
1965년 충남 홍성 출생.
1990년 『한국일보』 등단.
시집 『나를 위해 울어주는 버드나무』『아픈 곳에 자꾸 손이 간다』
『꽃 막대기와 꽃뱀과 소녀와』『그림자를 마신다』
『너는 어디에도 없고 언제나 있다』 등.

오늘은 당신의 진심입니까?

이 장 욱

외국어는 지붕과 함께 배운다.
빗방울처럼.
정교하게.
오늘은 내가 누구입니까?
죽은 사람은 무엇으로 부릅니까?
비가 내리면

낯선 입 모양으로 지낸다.
당신은 언제 스스로일까요?
부디 당신의 영혼을 말해주십시오.
지붕은 새와 구름과 의문문과
소년으로 이루어져 있지만

누구든 외롭다는 단어는 나중에 배우네.
시신으로서.
사전도 없이.
당신은 매우 딱딱한 입술을 가지고 있습니다.
하루는 매우 반복합니다.

지붕이 빗방울을 하나하나 깨닫듯이
진심이라는 단어는 언제나 지금 발음한다.
모국어가 없이 태어난 사람의
타오르는 입술로.

나는 시체의 진심에 몰두할 때가 있다.
이상한 입 모양을 하고 있다.

 이런 장면을 상상해보았다. 어떤 시인이 비가 내리는 날 지붕에 빗방울이 떨어지는 소리를 들으면서 외국어 공부를 하고 있다. 아마도 어떤 외국어 문장을 직역해서 생겨났을 이런 이상한 문장들을 중얼거리면서. "오늘은 내가 누구입니까?" "당신은 언제 스스로일까요?" 그런데 번역을 해본 사람들은 한 번쯤 겪어본 일이겠지만, 이런 이상한 문장들은 그것이 자연스럽지가 않기 때문에 뭔가를 생각하게 한다. 의도한 바와 쓰인 문장 사이의 틈에 대해서, 그 틈 사이로 새나가버린 어떤 진심에 대해서. 자연스러운 모국어 문장은 자연스럽기 때문에 가짜 같은데, 어색한 직역 투의 문장은 그 부자연스러움 때문에 오히려 더 진심이 느껴지는 이상한 아이러니에 대해서. 우리는 진심을 말할 수 있을까? 없다면, 그러니까 내 진심을 담을 수 있는 말이라는 게 없다면, 어쩌면 우리는 모두 "모국어가 없이 태어난 사람"일지도 모른다. 그래서 시인은 어떤 시체를 떠올린 것일까. 길거리에 버려진 채, 이상한 입 모양을 하고, 비를 맞고 있는 시체를. 그 시체는 아무 말도 하지 않으면서 이 세상에서 가장 정확하게 '외롭다'는 말을 하고 있지 않은가. 그렇군. 진심은 시체의 것이다. 그러면 우리는? "오늘은 당신의 진심입니까?"

이 장 욱
1968년 서울 출생.
1994년 『현대문학』 등단.
시집 『내 잠 속의 모래산』 『정오의 희망곡』.

젖지 않는 사람

이 현 승

죽은 사람의 가슴에 귀를 가져다 대듯이
나는 화분에 물을 주면서 귀를 기울인다

의심은 물줄기를 따라 뿌리들의 어두운 층계에 머문다
화분에서 물 떨어지는 소리가 들린다
귓속은 물을 채우기에는 너무 작은 용기이다

죽어가는 나무에 대해 생각하는 동안
저녁은 제 물줄기를 부어 텅 빈 집을
수족관처럼 빈틈없이 채운다

이럴 때 가장 어두운 동굴은
눈 속에 있는가 귓속에 있는가

어떻게 돌고래들은 해안을 향해 헤엄치기 시작하고
어떻게 나무는 스스로 죽을 결심을 하는가
어떤 범람이 나무에게서 호흡을 빼앗은 것인가

해설　이남호

1연과 2연에서 시인은 죽은 (혹은 죽어가는) 나무에 물을 준다. 왜 이 나무는 말라 죽었을까, 물을 흠뻑 주면 살아나지 않을까 생각하면서. 3연과 4연에서 '물 주는 시인'은 '어둠을 내리는 저녁'으로 바뀌고, '죽어가는 나무'는 '시인'으로 바뀐다. 그리하여 물을 흠뻑 주어도 잘 살아나지 못하는 나무와 어둠 속의 삶을 살고 있는 시인이 오버랩된다. 마지막 연에서 시인은 묻는다, "어떻게 돌고래들은 해안을 향해 헤엄치기 시작하고/어떻게 나무는 스스로 죽을 결심을 하는가"라고. 희망 없는 삶에 대한 시인 것 같다. 그렇다면 "젖지 않는 사람"이라는 제목은 희망의 물, 생명의 물을 주어도 소용이 없음을 뜻하는 것일까?

이 현 승
1973년 전남 광양 출생.
2002년 『문예중앙』 등단.
시집 『아이스크림과 늑대』.

죽음에 뚫은 구멍

장 옥 관

벌초하러 간 어머니 묘에 커다랗게 구멍이 뚫려 있다. 검게 아가리 벌리고 있는 그 구멍은 죽음에 뚫은 문, 산토끼의 집이다. 하필이면 왜 무덤에 제 집을 판 것일까. 젖가슴처럼 봉곳한 봉분을 파고들며 토끼는 아찔하게 검은 젖*을 빨았을까. 죽음을 드나든다고 죽음이 달라지는 건 아니겠지만, 어머니가 다시 돌아오시는 건 더욱 아니겠지만, 죽음과 삶이 한통속으로 이어지고 바람벽에 달아놓은 거울처럼 눈동자처럼 구멍이 갑자기 환하다. 입구에는 분명 누가 기다리다 돌아간 듯 잔디가 동그랗게 눌려 있다.

* 검은 젖 : 이영광 시인의 시 「검은 젖」에서 빌림.

아이러니한 상황이다. 죽은 어머니를 묻은 봉분에 산토끼가 살겠다고 구멍을 뚫었다. 어머니 무덤이 훼손당한 이 황당한 지경을, 죽은 자리에 살 자리를 만든 웃지 못할 이 상황을 어찌할 것인가. 그러나 생각해보면 유사한 상황들은 종종 있다. 무덤은 종종 편안하고 아늑한 휴식의 공간이 된다. 소풍날 도시락을 까먹거나 숨바꼭질하기에 안성맞춤이고, 바람과 먼지를 막기에도 그만한 방패막이 없다. 무덤가에 누워 올려다보면 하늘은 또 얼마나 아름다운가. 죽음과 삶의 경계를 나누고 죽은 자와 산 자가 살 공간을 따로 마련하는 것은 어쩌면 인간의 편의적인 발상인지도 모른다. 젖가슴처럼 봉긋한 무덤에 검은 젖을 먹자고 구멍을 뚫은 산토끼가 오히려 고수가 아닐까. 산토끼 한 마리가 죽음과 삶의 경계를 허물어버렸다. 뚫려 있는 구멍으로 어머니가 드나들기라도 한 것처럼 입구에 잔디가 눌려 있다. 덕분에 봉분 속이 환하다. 심오한 철학적인 사유 없이도 가끔 본질이 건드려질 때가 있다. 시가 그렇다.

장 옥 관
1955년 경북 선산 출생.
1987년 『세계의 문학』 등단.
시집 『황금 연못』 『바퀴소리를 듣는다』
『하늘 우물』 『달과 뱀과 짧은 이야기』 등.

달은 제 살을 깎는다

정 영

낯선 도시의 이끼 낀 방에 누워
배고픈 인디언처럼 화살을 깎는다
이불을 뒤집어쓰고
텅 빈 눈을 넣었다 뺀다

살기 위해
매일 하루치의 짐을 버리고 속을 게워 냈다
먼 짐승을 부르는 인디언처럼
숨을 등 뒤로 쑥 넣었다 뺐다
등이 울었다

길은 없고 무덤뿐이었다

더는 걸을 수 없을 때
감자를 긁듯 뇌를 긁었다
그래도 걸을 수 없을 땐
죽어가는 새들이 제 털을 뽑듯
생니를 뽑거나 몸이 알아서
자궁벽을 깎았다

살수록, 살이 물렀다

사자들이 날뛰며 어둠을 뜯어먹는 밤
나방 두 마리가 어느 틈을 비집고 들어와
허연 살을 내놓고 사랑을 나누는가
엉키느라 제 가루에 눈이 머는 줄도 모르고
서로의 날개를 덮는가

지구에 남겨진 최후의 인디언이
칼을 든다 살기 위해
썩은 눈을 도려낸다

달이 깎이는 밤

고된 여정 중의 어느 날 밤이다. 낯선 도시의 숙소에 누워 있다. 외로움이
육체적 고통을 낳는다. 그래서 텅 빈 눈을 넣었다 빼고, 숨을 등 뒤로 넣었다
빼고, 뇌를 긁고 생니를 뽑고 자궁벽을 깎는다……와 같은 이미지들이 불려
나왔을 것이다. 다시 또 외로움 때문일까. 자멸적인 사랑의 이미지가 잇달아
떠오른다. "제 가루에 눈이 머는 줄도 모르고/서로의 날개를 덮는" 나방의 모
습. 여기까지 오니 그다음 순간에 몇 개의 감각-지각이 동시에 찾아오면서
이미지의 화학작용이 일어난다. 화살을 깎고 있는 자신의 모습, 지구 최후의
인디언의 외로움, 창밖으로 보이는 달, 인디언의 눈을 닮은 달……. 이런 것
들이 혈연처럼 엉기고 섞여서, 약간의 전율마저 느껴지는 마지막 두 연이 탄
생했으리라.

정 영
1975년 서울 출생.
2000년 『문학동네』 등단.
시집 『평일의 고해』.

보트피플

조 동 범

아이는 엄마의 젖을 찾았다
필사적으로 파고든 엄마의 품이 바다를 따라 맥없이 흔들렸다
이미 거두어들인 그녀의 숨은
아이를 바라보며 눈물을 흘리고 있었다
바다가 다만 고요하게 출렁이는 폭풍의 중심이었다
퉁퉁 불어버린 엄마의 젖은, 하늘을 향해 단단히 굳어 있다

보트
막막한 죽음이 즐비하게 사라지는 곳
갑판 위의 죽음이, 떠나온 한밤과 가지 못한 해안을 향해 흐느꼈
다
아이는 죽음을 더듬어 아직도 필사적이다
갑판 위에 버려진 그녀의 마지막 숨이,
떠나야 했던 폐허를 돌아보며 비릿하다

보트
돌아갈 곳도 나아갈 곳도 없는, 막막한 기항
보트
해안에 이르지 못한 기항의 밤과 낮이, 지나가고, 지나가고, 또 지

나갔다

보트 가득 서성이는 갑판 위의 죽음이

해류를 따라 느리게 부패하고 있다

떠나온 한밤과 가지 못한 해안이 그녀의 썩은 동공에서 흘러나왔
다

보트가 발견되었다

남태평양의 어느 바다였고

석양이 물드는 거룩하고 경건한 순간이었다

아이는 엄마의 품에서 참혹하고, 보트는 거대한 무덤인 순간이었
다

거대한 무덤이 선지처럼 혀를 내밀어

그녀의 단단하고 비릿한 젖가슴을, 천천히

핥고 있었다

언뜻 보면 잘 보이지 않지만 이 진술은 시간의 흐름을 따르고 있다. 한밤중에 배가 출발하고 아이의 엄마는 이미 숨을 거두어 몸이 굳기 시작한다.(1연) 잇달아 무수한 죽음들이 있었고 그녀의 몸에서는 비릿한 냄새가 나기 시작한다.(2연) 배 위에서 여러 날의 밤낮이 지나가고 그녀의 시신이 느리게 부패하기 시작한다.(3연) 배는 "거대한 무덤"이 되고서야 어느 해 뜰 무렵의 시간에 남태평양 어떤 지점에서 발견된다.(4연) 다시 요약해보자. "돌아갈 곳도 나아갈 곳도 없는" 상황에서 "막막한 죽음이 즐비하게 사라지"다가 보트는 마침내 "거대한 무덤"이 되고 만다는 것. 이 시인이 즐겨 사용하는 건조한 진술 문장이 빛을 발하는 경우는 이렇게 비극적인 현실과 그것을 향한 냉정한 관찰이 그 뒤를 받칠 때다.

조 동 범
1970년 경기 안양 출생.
2002년 『문학동네』 등단.
시집 『심야 배스킨라빈스 살인사건』.

배농排膿 4제題

조 연 호

홀기笏記

나는 물음에서만 어디엔가 있었다
강제 추심하겠다는 전화에 동생이 엎어져 울고 있었다
그런 동생이었지만 자기 이름의 삼행시를 짓고 있었다
'내가 바람인 게 서러웠다' 가늘게 흔들리는 노래 너머
치마 아래, 격이 낮은 언니의 밤에, 냉정들이 철썩이고 있습니다
변성기를 찢고 싶습니다

포영泡影

끈기 없는 눈물이 하나 떨어지고 나서 머리는 얼마나 선선해졌을
까요
파선破船을 타고 나아가지만 죽은 배들은 가라앉은 나를 끝까지
몰라봅니다
밤이 소용돌이 아래쪽에 모여 있는 가족을 닦는 하찮은 천이기 때
문입니다
모두들 앙상하고 고구마가 병들고

174

자기 발을 임신한 여자는 잘 가라는 말뿐이다
오늘을 파괴하고 내일을 탄생시킨 뒤 기다릴 걸 기다리는데
개에게 주는 상은 선반의 쥐약 한 줌
새는 베인 포경처럼 가지 아래로 떨어진다
네 등을 두드리는 만큼 나는 흉작을 하고 있다
두발짐승을 처음 만났을 때처럼 약음기를 입에 물고
귀가 빨개질 때까지 작은 흥분에 두 손을 구겨넣는다

제백除百

오늘 밤과 사귀는 남자가 되어서
더욱 마려워지고 있었다
다른 날은 어떤 날보다 더 좋고
여느 날은 나의 말을 하는 이 물건에게 뭘 대접해줄 수 있을까
구름이 흘러가네요, 듣지 않는 사람 가까이
멍자국이 되어줄 것들은 이처럼 초라하고도 논리적이니까
우리 서로의 일기이기로 합시다, 배꼽을 쥐고
나는 당신의 괴물이기로 합시다
간직되는 것에 궁금해할 이유 따윈 없으니
하수구의 작은 구멍과 다정히 깍지를 낀다.

안녕이라는 말없이 이 여행의 얼마를 버틸 수 있을까?
하늘은 공기를 색맹으로 만들어 여러 번 새를 부러뜨렸다

안녕이라는 말없이 사실의 얼마를 쥘 수 있을까?

그것은 너에게 아무것도 준 바 없으니, 너는 그것을 단지 '받으라'*

하얗게 번쩍이던 버림받은 그날의 지옥을 언덕에게 돌려보낸다

놀랍도록 천한 뱀과 담겨봤으면. 길고 두꺼운 것의 유혹을 받고

기절해봤으면. 불난 집 앞에서 코피가 쏟아져봤으면

생각으로 아래를 헹구고

인사말 대신 낫을 쥡니다

모든 잠에서 잘려 쓰러지고 싶으니까요

예후豫後

의학이 아직 마술일 때

새로 자라고 있는 낭포성 하늘 아래

왕놀이에서 실물 크기는 나뿐

새를 외롭게 하는 두 개의 창문을 닫고

나머지 창에 머리를 찧는 증오를 주고받는다

피를 노리는 모기와 엄마는 구기口器가 특징이었다

격정을 비참하게 만들기에 적당한 크기의 열을 간직하고

밤과 시소놀이를 한 나는 떠오른 사람의 약간의 피도 좋아한다

조심하는 그 밤은 아름답다 드넓게 펼쳐진 남의 나라 말로

드넓게 펼쳐진 남의 애들의 탯줄로

피를 사모하기에 일어나는 이 모자 간의 다툼에서

실물 크기는 나뿐
휘파람만으로 내 방의 크기를 줄여본다
밤마다 촛불을 불어 끄는 처참한 귀소를 하고 있다

* 졸시, 「물가에서」 3:6

　단정한 언어문법을 파괴하는 것이 젊은 시인의 자격인 것처럼 여겨지는 요즘이다. 몇 번 읽어서 의미가 이해된다면, 아마도 그들은 자존심을 다칠 것이다. 그들은 정말 기존의 문법만으로는 모자란 것일까. 그들은 결단코 이 세상에 어울리지 않는가. 조연호는 그들 무리 중에서도 돋보이는 비문법을 구사하고 있다. 고쳐 말하면 그의 시는 非文이라기보다는 스스로의 말대로 '天文'에 가깝다. '우주와 천체의 온갖 현상과 그에 내재된 법칙성'을 꿰뚫고 있어야만 해독이 되는 하늘의 문장인 것이다. 물론 이것은 지상의 문장보다 우월하다는 의미가 아니며 단지 다르다는 것을 말하는 것이다. 그러므로 조연호의 시를 지상의 문자로 풀어내는 것은 불가능하기 이전에 무의미한 일이다. 굳이 말해야 한다면, 각 문단의 공통점은 '나'의 독백이라는 점이다. '나'는 가족을 포함한 주변세계에서 자의든 타의든 소외되어 있다. 은밀한 성적 이미지들과 고립을 암시하는 단어, 구절들. '나'는 아마도 사춘기 즈음에 있고, 혼란과 소외와 방황을 겪으며 성장하는 중이다. 곪은 곳을 째서 고름을 뽑아낸다고 한들 아무것도 변하지 않을 것이다. '나'의 아픔은 아무도 알아듣지 못하는 말로만 표현된다. 당연히 '나'는 자라서 문법대로 말하지 못한다. 그는 태생적인 천문가인가.

조 연 호
1969년 충남 천안 출생.
1994년 『한국일보』 등단.
시집 『저녁의 기원』 『죽음에 이르는 계절』 『천문』 등.

적벽에 다시

　적벽 오고 말았습니다, 물염정 아래 호수의 물은 말라 수면이 여러 겹 물염적벽 아래 떠다닙니다 당신은 흐르는 강물 따라다녔겠지요 망향정에 와 노루목적벽 마주 보며 흔들리듯 서 있으니 수수만년 전의 당신이 나를 여기 보냈다는 걸 알겠습니다 적벽 와서야 허전한 한 목숨 겨우 이어 붙였다는 느낌은

　나는 가장 맑은 눈으로 적벽 보려 합니다 물염적벽, 노루목적벽, 망미적벽, 창랑적벽, 이서적벽…… 적벽의 이름들 안타까이 구슬처럼 입안에서 꿰어봅니다 무덤에 업힌 듯 박혀 있는 부서지고 나뒹구는 석탑이 절터임을 말해주지만 호수의 물과 파헤쳐진 대숲의 어두운 그림자들이 기억을 방해하고 간섭합니다

　당신도 한동안 적벽의 풍경을 몸 안에서 구하였던 것은 아니겠지요 어느 생에선가 미묘란 무엇이냐 물었더니 당신은, 바람이 물소리를 베갯머리에 실어다 주고 달이 산 그림자를 잠자리로 옮겨준다* 말했습니다 여러 생을 통과하면서 혹 미묘가 맑아져 표묘가 되기도 하였는지요

　찬연함이 얇아져 처연함이 되는지 나는 이 시간에 오롯이 놓여 적

벽에 쓸쓸히 물어봅니다 내 몸을 입고 나온 어떤 이도 적벽 흐르는 강물 바라보며 미묘와 표묘를 아득한 눈빛으로 중얼거리게 될는지요 수수만년 전 적벽을 보았던 게 누구인지 이제는 알 수 없게 되어버렸습니다

어느 생에선가 나는 다시 적벽 와야 하겠지요 흐르는 구름과 적벽에 물드는 단풍을 바라보며 오래 거듭되는 幻의 끝을 물으며 서 있어야겠지요 후생의 어디쯤에서 나는 나를 알 수 있을까요 풍문도 습관도 회환도 아닌 한 사람의 지극한 삶을, 향기와 음악처럼 두루 표묘하여 잡을 수도 알 수도 없는 간결한 한 생을 말입니다

* 『벽암록』에서 인용.

아쉽게도 가보지 못했으나, '화순적벽'이라 하여, 전라남도 화순군 이서면 장항리 창랑천 주위를 둘러싼 절벽이 그토록 절경이라 한다. 중국의 '적벽'에 버금갈 정도라 하여 같은 이름이 붙었을 지경. 아무려나, 자연절경을 소재로 한 시이니 다음 세 가지를 기대해도 좋겠다. 첫째, 언어로 그린 한 폭의 그림. 둘째, 내면과 풍경의 상호교섭. 셋째, 절경을 본 사람에게만 고이는 깨우침. 첫 번째 기대는 1, 2연으로 충족된다. 두 번째 기대는 "미묘微妙와 표묘縹渺"를 화두로 품고 있는 3, 4연이 감당한다. 세 번째 기대는 5연이 다가와서 받아 안는 척하지만 그냥 그러다 말고 숙제로 되돌려주고 가시니 다행이다. 『벽암록』을 인용한 마당에 어찌 한 소식 깨우친 듯 허세를 부릴 것인가. 깨우치지 못했으므로 "적벽에 다시" 와야 하는 것이다. 그 미완성과 절박함이 시다.

조 용 미

1962년 경북 고령 출생.
1990년 『한길문학』 등단.
시집 『불안은 영혼을 잠식한다』 『일만 마리 물고기가 山을 날아오르다』
『삼베옷을 입은 자화상』 『나의 별서에 핀 앵두나무는』.

무지갯빛 광석
—Rainbow Stone

조 인 호

오늘 밤 누군가는 오함마를 닮은 어느 영혼에
대하여 상상해야 한다 오함마를 들어 올리는 상상력으로 맨홀 뚜껑을
들어 올린 한 사나이에 대해서 그 어깨 위에 얹힌 오함마에 대해서 오늘 밤
누군가는 상상력으로 그 노동을 상상해야 한다

*

그가 맨홀 속에서 몇 해를 살았는지 알 수 없다 그가 지하배관 속
에서 붉은눈쥐를 잡아먹으며 생존했는지 방진마스크를 썼는지 축축
한 양서류 같은 우비를 걸쳤는지 오함마를 어깨에 짊어졌는지 알 수
없다 낮은 포복으로 좁은 파이프 속을 통과하는 지하인에 대해서 국
회의사당의 속기사가 어떤 기록을 남겼는지 알 수 없다

*

백색증百色症에 걸린 사나이가 온몸에 붉은 페인트를 끼얹고 맨홀
속으로 투신했는지 알 수 없다 오함마를 짊어진 그가 어느 파이프

속에 꾸역꾸역 처박힌 돼지 한 마리를 발견했는지 알 수 없다 그 순간 돼지에겐 오함마가 필요하고 그의 손엔 오함마가 들려 있었을 뿐

　붉은 정수리 위로
　오, 침묵 같은 오함마
　한 대 내리친 후
　오함마를 어깨에 짊어진 채
　그는 돼지로부터 떠난다

*

　시장 좌판 뾰족한 생선머리가 어느 쪽을 향해 누웠는지 알 수 없다 어느 파이프 속에서 삐라 한 장 해파리처럼 휘적휘적 떠내려왔는지 알 수 없다 어느 파이프 끝에서 그가 밀봉된 콘크리트벽과 맞닥뜨렸는지 알 수 없다 그 순간 오함마를 투석기처럼 휘두르던 그를 상상할수록

　강력하게 벽화가 그려진다
　습기 찬 콘크리트 밖으로
　쩍쩍 갈라져 나오던 금
　그 수천의 나뭇가지 사이로
　무지갯빛 광석이
　그 천연의 빛살을 드러낸다

*

이윽고 달이 지구의 그림자를 벗어났는지 알 수 없다 콘크리트벽
이 뚫리자 그가 땅굴을 파고 비무장지대를 통과했는지 알 수 없다
붉은 흙벽을 타고 그가 지상으로 기어 올라갔는지 알 수 없다 우라
늄 같은 그의 눈동자가 어떤 풍경에 노출됐는지 알 수 없다 지평선
멀리 떨어지던 붉고 거대한 오함마여,

오, 오함마를 생각하는 밤
지하실 식탁에 홀로 앉아
누군가 녹슨 통조림 뚜껑을 따고 있다
전구알이 깜빡거린다

*

유리구 안에는 하늘도 땅도 언덕도 벽도 집도 없었다

오함마. 물론 큰 망치의 이름이다. '5파운드짜리 해머'를 뜻한다는 주장보다는 '大hammer'를 일본식으로 '오오-함마'라고 읽은 데서 생긴 이름이라는 주장이 더 맞는 듯싶다. 넘겨짚고 말해보는 것인데, 아마도 이 시는 '오함마'라는 단어 자체의 울림에서 출발하지 않았을까 싶다. 어쩐지 '오, 오함마!'라고 한 번은 말해줘야 될 것 같은 그 단어의 힘, 무게, 그리고 의지. "오늘 밤 누군가는 오함마를 닮은 어느 영혼에 대하여 상상해야 한다." 이 시인이 그 상상을 했고 그래서 짧은 이야기 하나가 만들어졌다. 맨홀 속으로 내려가 오함마를 들고 망치질을 하는 "지하인"의 이야기. 그는 문명의 지하에서 오함마로 벽을 뚫고 무지갯빛 광석을 채굴해내더니 급기야 비무장지대까지 통과한다. 이 "지하인"이 세상의 모든 시인이고 저 "무지갯빛 광석"이 곧 시라고 하면 안 되나. 쿵쿵 하는 소리가 쩌렁쩌렁 울리는 시다.

조 인 호
1981년 충남 논산 출생.
2006년 『문학동네』 등단.

달과 고래

조 창 환

달 많이 뜬 하늘

출렁이며 깊어진다

환한 세상, 살결이

매끄럽다

자작나무 몸피가

탱글탱글하다

출렁이는 하늘에

화악,

고래 솟구쳐

박하 냄새 뿌린다

달밤의 이미지를 감각적으로 묘사하고 있는 듯하다. 달이 밝다. 달빛에 세상이 환하여 마치 살결도 매끄러운 것 같고, 자작나무의 가지들도 더 희고 탱글탱글한 것 같다. 이미지에 시인은 고래의 이미지를 더한다. 고래의 희고 탱글거리는 느낌과 생동감이 전체 이미지에 힘을 준다. 그 위에 시인은 박하향기까지 풀어놓는다. 시인이 만난 환한 달밤은 환상적이다.

조 창 환
1945년 서울 출생.
1973년 『현대시학』 등단.
시집 『라자로 마을의 새벽』 『파랑 눈썹』
『피보다 붉은 오후』 『수도원 가는 길』 『마네킹과 천사』 등.

선풍기

조 혜 은

1

천사는 선풍기를 닮았어요
날개를 달고 찾아오죠
엄청난 소음과 진동 속에서

나는 듣지 못해요
그는 걷지 못하고요
하지만 그가 전동휠체어를 타고 천사처럼 내게 오는 걸 느낄 수
있어요. 가면 뒤로 얼굴을 가린 소음과 함께. 익숙한 진동을 일으키
며
그러니 천사를 닮은 선풍기는 필요 없어요

나는 더위를 말하지 못해요
그는 바람 소리를 가져오지 못하고요
손잡이에 매달린 검정 비닐봉지의 가벼워진 얼굴로, 그가 전동휠
체어를 타고 집으로 와요. 선풍기를 살 수 있다면 좋을 텐데. 그가
말해요. 나는 그에게 속 시원히 하루를 털어놓을 처지도 못 된다지
만, 그가 오는 것만 봐도 온몸이 떨리는 걸 느낄 수 있어요

그러니 선풍기는 필요 없어요

2

나는 그가 주워 온, 고장 난 선풍기의 버튼을 가만히 눌러봐요. 그가 노래를 부르며 내게 오는 걸 느낄 수 있어요. 발 딛기도 전에 무도회에서 쫓겨난 소음들과 바이올린 향 진동을 일으키며. 그가 구두도 신지 못한 상처투성이 손을 내밀어도, 나는 두근거림에 맞춰 기꺼이 춤출 수 있어요

그는 양손으로 걸어요
나는 말을 하지 못하고요
하지만 부채가 모든 말을 대신하죠
미술관에 걸린 우아한 부인의 초상처럼, 나는 땀 흘리는 그를 향해 부채를 움직여요. 주름진 부챗살 사이에 우리의 하루하루를 새겨 넣으며. 내 손으로 그의 발을 대신하죠

느낄 수 있어요. 그가 날개를 달고 시원하게 돌아가는 소리를

3

천사는 그를 닮았어요

너무 늙어버린 나를 위해 침묵과 상냥한 진동을 달고 찾아오죠
부채를 펼 수도 없을 만큼 지친 날에

그는 전동휠체어에서 내려와 조용히 내 옆에 앉아요. 하지만 느낄 수 있어요. 그가 엄청난 소음과 진동 속에 있다는 것을. 슬픔을 재생하는 버튼은 고장 났지만, 그가 낡은 무릎뼈 사이로 일으키는 무역풍 향 진동을
느낄 수 있어요

여태껏 우리에게 견디지 못할 여름은 없었어요
나는 바람을 달고 떨리는 그의 몸속을 시원하게 관통해요

휠체어에 걸린 검정 비닐봉지 속에서 그를 닮은 초파리들이, 선풍기 날개를 달고 천사처럼 날아올라요

제목은 "선풍기"이지만, 이 시는 장애인의 삶과 사랑을 다루고 있다. 나는 듣지 못하고(그래서 말하지도 못한다.), 그는 걷지 못해서 휠체어를 타고 다닌다. 그가 전동휠체어를 타고 집으로 오는 것을 나는 진동으로 느낄 수 있다. 뿐만 아니라 그가 걷지 못해도 그의 두근거림에 맞춰 춤까지도 출 수 있다. 그는 나에게, 나는 그에게, 더위와 슬픔과 고단함까지 다 해결해주는 선풍기와 같은 존재가 될 수 있다. 즉 서로는 서로에게 천사를 닮은 선풍기와 같은 존재다. 이러한 장애인끼리의 사랑이 아름답기는 하지만, 그 아름다움보다 더 흥미로운 것은 그들의 사랑을 묘사하는 언어의 공간이 제공하는 독특한 무늬들이다.

조 혜 은
1982년 서울 출생.
2008년 『현대시』로 등단.

오래된 이야기

진 은 영

옛날에는 사람이 사람을 죽였대
살인자는 아홉 개의 산을 넘고 아홉 개의 강을 건너
달아났지 살인자는 달아나며
원한도 떨어뜨리고
사연도 떨어뜨렸지
아홉 개의 달이 뜰 때마다 쫓던 이들은
푸른 허리를 구부려 그가 떨어뜨린 조각들을 주웠다지

조각들을 모아
새하얀 달에 비추면
빨간 양귀비 꽃밭 가운데 주저앉을 듯
모두 쏟아지는 향기에 취해

그만 살인자를 잊고서
집으로 돌아갔대

그건 오래된 이야기
옛날에 살인자는 용감한 병정들로 살인의 장소를 지키게 하지 않
았다

그건 오래된 이야기
옛날에 살인자는 아홉 개의 산, 들, 강을 지나
달아났다
흰 밥알처럼 흩어지며 달아났다

그건 정말 오래된 이야기
달빛 아래 가슴처럼 부풀어 오르며 이어지는 환한 언덕 위로
　나라도,
　　　법도, 무너진 집들도 씌어진 적 없었던 옛적에

난감하다. 이 시는 역설인가, 풍자인가, 거짓말인가. "나라도,/법도, 무너진 집들도" 없었다는, 상상할 수 없는 "옛날에는 사람이 사람을 죽였"단다. 살인자는 살인을 하고 아홉 개의 산과 들과 강을 건너 도망을 갔고, 쫓는 자들은 아홉 개의 달이 뜨는 밤에 살인자를 쫓아갔다. 가다가 살인자가 떨어뜨린 원한과 사연 조각을 주워 들고 그것이 하도 향기로워서 쫓는 일을 그만두고 집에 갔단다. 물론 그것은 오래된 이야기. 달빛 아래 도망치는 자도 쫓는 자도, 달과 양귀비 꽃밭에 취해 그만 넋을 놓아버렸다는 믿거나 말거나 한 이야기. 사연도 원한도 없이 묻지마식 살인이 횡행하고, 날마다 폴리스라인을 친 살인현장이 비춰지고 살인범이 수배되는 현실에서 보면, 그것은 분명 오래된 이야기, 너무 오래되어 있었는지 확인이 안 되는 이야기이다. 그러나 그뿐일까. '옛날에는 그랬대. 믿거나 말거나'라는 내용이 전부라면 너무 싱겁지 않은가. 진은영의 시인데 말이다.

진 은 영
1970년 대전 출생.
2000년 『문학과사회』 등단.
시집 『일곱 개의 단어로 된 사전』 『우리는 매일매일』.

피뢰침

무리를 짓지 않으면 안 된다는 법이라도 있는 듯
먹구름이 온다, 악마 군대가 온다
번개를 내쏜다

나는 전쟁을 준비한다
폭우에 젖는 지상의 집들이 내쏘는 총신이 되어
두두두두, 소나기, 소나기를
먹구름 속에다 거꾸로 쏘아대는 상상

저 얼굴 없는 웃음들에게 똥침!
가운뎃손가락을 힘껏 세워
형태가 없는, 형태를 잃은, 숭고한 무표정의 먹구름에게
Fuck you!

온힘을 다해 뽑는 진검 한 자루가 되어
융기하는 산맥의 꼭짓점이 되어
너에게 수천 볼트의
凸, 凸

2010 현장비평가가 뽑은 올해의 좋은 시 **195**

내 몸을 열어 무저갱을 보여주마
아주 구체적으로 배우는 바닥의 열등감, 바닥의 비애
악마의 군대들아, 바닥을 배워라

나는 지상의 모든 집들이 세워놓은
대공포, 감시탑, 최전방 특공대

번쩍, 번쩍, 조명탄을 쏘며
자아가 없는, 반성이 없는, 의지가 없는
먹구름이 온다, 폭우가 온다
사람들의 꿈속에

나는 삼지창이 되어
허공을 쑤신다, 두두두두, 기관총을 갈긴다
가운뎃손가락을 힘껏 세워
Fuck you! 엿이나 먹고 떨어지라고, Fuck you!
하늘 꼭대기까지
똥침!

해설 이남호

이 시는 피뢰침에 대한 기발하고 유쾌한 상상력을 보여준다. 천둥번개를 동반한 먹구름과 소나기는 악마의 군대다. 나(피뢰침)는 악마의 군대에 대항하는 대공포요 감시탑이며, 최전방 특공대이다. 그래서 나는 지상의 집들을 모두 총과 대포를 만들어 먹구름 속으로 소나기총을 거꾸로 쏘고자 한다. 그게 잘 안 된다면, 가운뎃손가락을 힘껏 세워(피뢰침의 모양을 떠올리자.) 먹구름에게 똥침이라도 세게 놓자. 하늘에게 엿 먹이는 피뢰침 만세!

최 금 진

1970년 충북 제천 출생.
2001년『창작과비평』등단.
시집『새들의 역사』.

칸 나

최 승 호

칸나에 대해 쓰고 싶었다. 제주도의 여름, 현무암 돌담 아래 피어 있던 칸나, 그 붉은 꽃을 본 후로 칸나에 대해 쓰고 싶었지만 쓸 수 없었다. 어쩌면 오늘도 쓰려고 애쓰다가 그만둬야 할지도 모른다.

내가 칸나인 것처럼 쓰고 싶었다. 칸나 속으로 들어가서 칸도 없고 나도 없는 칸나의 마음으로 말이다. 칸나! 칸나는 말의 저편에 있다. 아무 생각도 나지 않는다. 글이 이렇게 갑자기 벽에 부딪힐 때가 있다.

칸나에 대해 쓰고 싶었다. 제주도의 여름, 붉은 칸나를 보고 충격을 받았던 그날, 무슨 일인지 내 혓바닥은 고름들로 퉁퉁 부어올라 있는 상태였다. 이루 말할 수 없는 고통 속에서 나는 칸나를 보고 있었다. 시커먼 화산재들이 치솟고 뜨거운 용암들이 흘러넘치는 한라산 밑에서 나는 꽃 붉은 칸나를 보고 있었다.

이제는 굳어버린 불의 돌, 현무암, 그 거무스름한 돌담 아래 피어 있던 칸나의 붉은 꽃, 오늘도 칸나에 대해 제대로 쓰지 못한 느낌이 든다. 다음에는 칸나에 대해 더 잘 쓸 수도 있겠지.

　시커먼 현무암 돌담 밑에 피어난 붉은 칸나. 후텁지근한 여름날 그 선명한 풍경은 말하고 싶다는 욕망을 불러일으킨다. 그러나 욕심과는 달리 혓바닥에 고름이 생겨서 '나'는 그것을 바라만 본다. "이루 말할 수 없는 고통"이란 혓바닥이 부어오른 고통만이 아니라 쓰고 싶은 것을 제대로 쓰지 못하는 창작의 고통이기도 하다. '칸'도 없고 '나'도 없이 칸나의 마음이 되어서 즉 '칸나'라는 대상 그대로를 옮겨놓고 싶으나 시가 되지 않는다. 내내 칸나는 말의 저편에 있는 것이다. 고통 속에서 시인은 비로소 칸나를 본다. 뜨거운 용암이 흘러넘쳐 굳은 현무암의 고통과 그 고통을 품은 칸나의 붉은 꽃에 대해서. 그 붉음이 고통과 뜨거움의 분출이라는 것을 이제 '본다'. 본질은 고통 속에서만 발견되는 것이고 창작 또한 고통 속에서 완성된다. 그것이 칸나의 마음이 된 시인이 새삼스럽게 발견한 깨우침이다.

최 승 호
1954년 강원도 춘천 출생.
1977년 『현대시학』 등단.
시집 『대설주의보』 『고슴도치의 마을』 『진흙소를 타고』
『세속도시의 즐거움』 『그로테스크』 『모래인간』
『아무것도 아니면서 모든 것인 나』 『고비』 『북극 얼굴이 녹을 때』 등.

선인장 앞에서

오늘 너의 말은
모래언덕의 능선을 쓰다듬는 것 같았다
달콤하고 아름다웠다

그 실루엣 뒤에 뒤에는
뒤척이는 바다가 보이고
희망을 분수처럼 내뿜는 고래도 있었다

너의 목소리 너무나 그럴듯해서
내 혀를 빼주고 싶었다
팔다리를 떼어 내던지고 싶었다

오늘
누군가는 20억을 사기당했고
신종 바이러스는 온종일 창궐했고
길가 돌멩이들은 저희끼리 울퉁불퉁해졌다

오늘의 호르몬은 아무도 모르게 상승했지만
사회적 윤리적 교육적 미학적 어떤 이유 때문에

식은땀을 흘리면서
모른 척
삼보일배 오체투지로 기어 나갔고

오늘 나는
사막 한가운데 서 있었다
가시 만발한 선인장 앞에서

해설　이남호

　1연과 2연과 3연은 너의 말과 실루엣과 목소리에 대해 말한다. 말은 달콤하고, 실루엣은 희망의 분수를 하늘에 피우고, 목소리는 나를 매혹시켰다. 그러나 4연에서는 모든 것이 반대다. 세상은 사기와 병과 갈등이 가득한 아수라장이다. 5연에서 시인은 그런 아수라장의 세상을 식은땀을 흘리며 "삼보일배 오체투지"의 자세로 기는 듯이 살고 있다. 어떤 "사회적 윤리적 교육적 미학적" 이유로 참고 살지만, 그러나 너의 따뜻함과 친절은 모두 거짓이고 진실은 가시 만발한 선인장이다. 나의 삶은 가시 만발한 선인장 앞에서 사막 한가운데 서 있는 것과 같다.

최 정 례
1955년 경기도 화성 출생.
1990년 『현대시학』 등단.
시집 『내 귓속의 장대나무 숲』 『햇빛 속에 호랑이』
『붉은 밭』 『레바논 감정』 등.

증거들

하 재 연

손댈 수 없이 망가져 있다가
손을 대는 순간
더 망가지는 사물들처럼

오늘 한 도시가 부서지고
오늘 한 집이 부서지고
오늘 한 가족이 부서지고
오늘 어머니가 부서지고
오늘 아버지가 부서진다

문방구의 박스 안에 들어간 나나는
박스 안에서 반짝이고 있었다 트윙클 트윙클
엄마가 만들어준 인형은 머리칼이 엉키고
목이 잘 돌아가지 않았다

버리지 않았다 이름을 잊어버린
내 인형이 더러워지는 건 언제일까
문방구의 나나가 트윙클 트윙클 춤을 출 때까지
아무것도 버리지 않았다

새벽의 문 앞에는 신문이 툭, 떨어지고
나는 당신이 어디선가 잠들어 있다가
아침이면 천천히 펼쳐질 걸 안다

오늘 한 가족이 부서지고
내가 만드는 내 인형들이
하나씩 귀퉁이가 떨어져 나간다
나는 내 입들이 내 귀들이 내 손들이
천천히 접혀지고 있다고 생각한다

　첫 두 연에 대해서 무슨 말을 덧붙이겠는가. 2009년 1월 20일에 용산 4구역에서는 철거민들의 저항을 강제진압하는 과정에서 철거민 다섯 명과 경찰특공대 한 명이 사망하는 참극이 있었다. 1차적으로는 경찰의 성급하고 야만적인 진압이 낳은 비극이되, 근본적으로는 서울시의 불합리하고 폭력적인 도시정비사업이 낳은 비극이었다. 1, 2연은 이 비극이 쓰게 한, 이 비극을 향해 쓴 대목이다. 3, 4연은 아이의 눈으로, 문방구의 예쁜 집에서 사는 인형 나나와 집도 이름도 없는 내 인형을 대조하면서, 사회적 약자들의 꿈과 현실의 격차를 이야기한다. 5, 6연은 시인의 눈으로, 비극을 외면한 대가로 서서히 '펼쳐지는' 사람들과 비극의 당사자여서 하나하나 '접히는' 사람들을 대조한다. 이렇게 읽는다는 것은 5연의 '당신'을, 사태를 외면하고 방관한 제3자들, 그러니까 우리들 모두를 가리키는 것으로 읽는다는 것이다. 그리고 이 시의 제목은 "증거들"이다. 1차적으로는 이 시가 저 비극의 징후들(증거들)을 수습한 시라는 뜻으로 읽히지만, 근원적으로는 저 비극 자체가 불특정 다수들(우리들)의 윤리적 무감각화의 증거라는 뜻으로도 읽힌다. 그리고 덧붙이자. 시가 정치적 발언을 하면 망가지기 쉽다는 견해는 편견이다. 이 시가 그 증거다.

하 재 연
1975년 서울 출생.
2002년 『문학과사회』 등단.
시집 『라디오 데이즈』.

파 경

함 성 호

언니야, 우리 소풍 가자
너무 오래 우리 소풍 가지 않았잖아
며칠 밤낮을 자고 일어났더니
허리가 아파
언니야 우리 계란도 삶고 소주 한 병도 챙겨서
나무 도시락도 싸고
(초콜릿 먹고 싶다 초콜릿 사러 가자)
언니야 우리 소풍 가자
너무 오래 우리 소풍 가지 않았잖아
낚싯대 하나랑 일회용 흰 접시도 넣고
야외전축하고 화투도 챙겨
그래서, 다시없을 빛과
          다시없을 바람을 찾아
언니야, 우리 소풍 가자
우리 같이 잘 부르던 노래 있잖아
—이 과자 저 과자 먹어보고
   즐거운 봄날은 왔도다
하는, 그 노래도 부르고
버들피리도 불면서

가다 못 가면 쉬었다 가는
쉬다가도 못 가면 어디쯤 푹 눌러사는
(럭나우로, 고아로, 쿠알라룸프로, 샌프란시스코로)
언니야 우리 그런 소풍을 가자
지금 우리 소풍 못 가면
다음 생에선 분명 이승의 우리 때문에
우리, 더, 심하게 괴로워할지도 몰라

언니야, 우리 소풍 가자
응? 다시 돌아오지 않는
　　다시는 부르지 않을
　　그런 노래를 부르며
　　가자

　제목이 파경破鏡이다. 결혼의 파국을 뜻하는 말. 어느 부부가 이별할 때 애정의 증표로 거울을 쪼개서 나눠 가졌는데, 부인이 다른 남자에게 시집을 가자 부인의 거울조각이 까치가 되어 남편에게 날아갔다는 『사기』의 이야기로부터 이 단어가 생겨났다. 이 시의 제목은 본문을 보조하는 것이 아니라 견인한다. 제목 덕분에 소풍을 가는 행위 혹은 소풍을 가자는 말이 안타까운 울림을 얻으면서 삶의 고통과 슬픔을 생각하게 한다. 그런데 두 가지가 참 묘하다. 이미 파경을 겪은 것인지 아니면 파경을 결심하는 단계인 것인지, 또 언니와 여동생 중 누가 저 파경의 당사자인지가 모호하다. 이 모호함은 이 시에 은은한 긴장을 만드는, 좋은 모호함이다. 내 생각을 말하자면, 이 시는 불행한 결혼생활을 하고 있으나 아직 파경을 결심하지 못한 언니에게 여동생이 파경의 단행을 격려하는 노래로 읽힌다. "지금 우리 소풍 못 가면/다음 생에선 분명 이승의 우리 때문에/우리, 더, 심하게 괴로워할지도 몰라"라는 핵심적인 구절이 그렇게 읽게 한다.

함 성 호
1963년 강원도 속초 출생.
1990년 『문학과사회』 등단.
시집 『56억 7천만 년의 고독』 『聖 타즈마할』 『너무 아름다운 병』.

비행장을 떠나면서

허 수 경

비행장을 떠나면서 우리는 무표정했어

비행장을 떠나면서 우리들은 커피를 마시며 우울한 신문들을 읽었고

참한 소설 속을 걸어다니며 수음을 했지

사랑이 떠나갔다는 걸 알았을 때 우리들의 가슴에서는 사막이 튀어나왔는데

사막에 저리도 붉은 꽃이 핀다는 건 아무도 몰라서 꽃은 외로웠지

비행장을 떠나면서 우리들은 테러리스트들을 향해 인사를 했고

비행장을 떠나면서 지상에 쌓아놓은 모든 신문들에게 불안한 악수를 청했어

울지 마,라고 누군가 희망의 말을 하면

웃기지 마,라고 누군가 침을 뱉었어

21세기의 새들은 대륙을 건너다가 선술집에 들러 한잔했지

21세기의 모래들은 대륙과 대륙 사이에

천만 년의 세월을 살던 바다를 메워 새 집을 짓다가 초밥집에 들러

차가운 생선의 심장을 먹었어

21세기의 꽃게들은 21세기의 송충이들은 21세기의 은행나무들은
인사를 하지 않는 막막한 시간을 위해 오랫동안 제사를 지냈지
21세기의 남자들은 21세기의 여자들은 아이들은 소년과 소녀들
은

비행장을 떠나면서 사랑이 오래전에 떠난 사막에 핀 붉은 꽃을 기
어이
보지 못했지, 입술을 파르르 떨며 꽃이 질 때
비행장을 떠나면서 우리들은 새 여행에 가슴이 부풀어
헌 여행을 잊어버렸지, 지겨운 연인을 지상의 거리, 어딘가에 세
워두고
비행장을 떠나면서 우리들은 슬프면서도 즐거워서
20세기의 노래를 부르며 짐짓 모른 척했어, 당신의 얼굴 위를
우리가 비행기를 타고 나른다는 것을

　10여 년 전에 우리는 20세기를 뒤에 남기고 21세기로 가기 위해 비행장을 떠났지. 더 나은 세계를 향한 20세기의 꿈이 파산했다는 풍문을 인정해버린 것이었는데, 그건 그러니까 "사랑이 떠나갔다는" 것을 인정해버린 것과 같은 거였지. "희망의 말"에 침을 뱉으며 "우리는 무표정했"었네. 그러나 20세기가 제 아무리 사막을 남겼다고 해도 그 사막에서 붉은 꽃이 피었다는 것을 우리는 왜 몰랐을까. 왜 아무도 그 꽃을 보지 못해서 꽃은 "입술을 파르르 떨며" 져야 했던 것일까. 그리고 비록 "지겨운 연인"이었을지언정 그 연인은 "지상의 거리, 어딘가에" 여전히 있다는 것을 왜 모른 척했을까. 그러므로 우리가 20세기의 비행장을 떠나면서 한 일을 요약하면 이렇게 되겠네. "우리들은 새 여행에 가슴이 부풀어/헌 여행을 잊어버렸지." 그건 과연 옳은 일이었을까, 우리들은 그럴 수밖에 없었을까.

허 수 경
1964년 경남 진주 출생.
1987년『실천문학』등단.
시집『슬픔만한 거름이 어디 있으랴』『혼자 가는 먼 집』
『내 영혼은 오래되었으나』『청동의 시간 감자의 시간』등.

갈 데까지 간

허 연

끊을 건 이제 연락밖에 없다.

어느 중환자실에서 오히려 더 빛났었던
문틈으로 삐져 들어왔던 그 한줄기 빛처럼
사라져가는 것을 비추는 온정을
나는 찬양한 적이 있었다.

하지만 이제
그 빛이 너무나 차가운 살기였다는 걸 알겠다.
이미 늦어버린 것들에게
문틈으로 삐져 들어온 빛은 살기다.

갈 데까지 간 것들에게 한줄기 빛은 조롱이다
소음 울리며 사라지는
놓쳐버린 막차의 뒤태를 바라보는 일만큼이나
허망한 조롱이다.

문득 이미 늦어버린 것들로 가득한
갈 데까지 간 영화가 보고 싶었다

허연의 시는 직설적이면서 비관적이다. 오랜만에 낸 시집이 그러했듯이 이 시 또한 담담하고 차갑다. 조금의 망설임이나 미안함 없이 내뱉는 비관적인 발언들. 센티멘털리즘이나 허무주의의 혐의를 전혀 개의치 않는 과감함. 그것에 기대어 그는 간명하게 '갈 데까지 갔다'고 말한다. 이미 늦어버린 것들, "갈 데까지 간 것들에게 한줄기 빛"을 보여주는 것은 구원이나 온정이 아니라 고문이며 살기다. "갈 데까지 간 것들"이 행여 품게 될지 모르는 실낱같은 희망을 지켜줄 수 있는가. 차라리 그것들에게 가던 길을 그대로 가도록, 끝장을 보도록 놓아두는 것이 훨씬 솔직하고 현실적인 것이 아니겠는가. 이렇게 말하는 허연의 시는 냉소적이다. 그러나 세상에는 여전히 죽음을 앞두고 종교에 귀의하여 평화로운 안식을 맞이하는 가엾은 영혼들이 줄을 잇는다. 그럼에도 불구하고 "늦어버린 것들로 가득한/갈 데까지 간 영화"를 보고 싶어 하는 시인의 마음은 절망일까, 감상感傷일까, 잔인한 진실일까.

허 연
1966년 서울 출생.
1991년 『현대시세계』 등단.
시집 『불온한 검은 피』 『나쁜 소년이 서 있다』.

겨울을 향하여

저 능선 너머까지 겨울이 왔다고
주모가 안주 뒤집던 쇠젓가락을 들어 가리켰다.
폭설이 허리까지 내렸다고
먹을 것 없는 멧새들이 노루들이
골짜기에서 마을 어귀로 내려왔다고
이곳에도 아침이면 아기 핏줄처럼 흐르는 개울에
얼음기가 서걱대기 시작했다고.

알 든 양미리구이 안주로
조껍데기술을 마시며 생각한다.
내 핏줄에도 얼음기가 서걱대지는 않나?
잠 깨어 손가락 관절 하나 꼼짝하기 싫은 아침에
텔레비 켜논 채 깜빡깜빡 조는 초저녁에
그리고 이 병 마저 비울까 말까 저울질하는 바로 지금!
생각을 조금 흔든다.
그래, 얼음조각들이 낡은 파이프 녹 긁으며 흐르면
시원치 않겠나?
홀연 골짜기 가득 눈꽃 이 세상 것 같지 않게 피어
뵈줄 게 있다고 아슴아슴 눈짓하고 있는 설경 속으로

몸 여기저기서 수정구슬 쟁그랑쟁그랑 소리 내는
반투명 음악이 되어 들어가보자.

해설 이남호

"저 능선 너머까지 겨울이" 다가왔고, "아침이면 아기 핏줄처럼 흐르는 개울에/얼음기가 서걱대기 시작했다". 겨울이 오는 것에 대한 감각적 아름다움을 보여주는 묘사이지만, 사실 이 겨울은 인생의 겨울에 대한 메타포어이다. 시인은 자신의 핏줄에도 얼음기가 서걱대는 노년을 맞이하여 무기력해지기도 하고 쓸쓸해지기도 하지만, 생각을 조금 흔들어 삶의 태도를 바꾸려는 의지를 보인다. "그래, 얼음조각들이 낡은 파이프 녹 긁으며 흐르면/시원치 않겠나?"라고 생각하면서 시인은 노경老境의 깊고 높고 맑은 삶을 스스로 마련한다. 그 경지는 "골짜기 가득 눈꽃 이 세상 것 같지 않게" 홀연히 피어 "봬줄게 있다고 아슴아슴 눈짓하고 있는 설경 속으로/몸 여기저기서 수정구슬 쟁그랑쟁그랑 소리 내는/반투명 음악이 되어 들어가보"는 자세이다. 겨울의 설경 속으로 몸속에서 수정구슬 음악 소리를 내며 들어가는 노 시인의 놀랄 만한 멋과 여유!

황 동 규
1938년 서울 출생.
1958년『현대문학』등단.
시집『어떤 개인 날』『풍장』『외계인』『버클리풍의 사랑노래』
『우연에 기댈 때도 있었다』『비가』『꽃의 고요』『겨울밤 0시 5분』등.

Cul de Sac

'술에 취해 집으로 돌아가던 한 남자가 깊은 진흙구덩이 속에서 가까스로 눈을 떴을 때에는 이미 시월의 달이 구덩이의 입구를 두 번, 가로지르고 난 뒤였다

그리고 오늘은 달도 없는 밤

어둠 속의 남자는 척추를 타고 올라오는 격렬한 통증에 두 눈에선 번갯불이 일었고 문짝이 뒤틀리는 듯한 신음 소리가 구덩이 속을 가득 메웠으나

진흙 속에 두 귀를 처박고 있던 그로서는, 마치 몸속의 또 다른 생명체가 육체 밖으로 빠져나가기 위해 기를 쓰고 있는 것처럼 느껴졌다, 절박과 침체, 파멸과 혼돈으로부터, 끝없이 이어지는 질문과 대답으로부터……'

당신은 당신과 피를 나눈 적이 있습니까
당신은 당신이 피를 흘릴 때 누구와 속삭이고 있었습니까

굶주린 사자가 우리 주변을 어슬렁거리고 있습니다 우리는 그것이 우리의 독실한 마음가짐에 따라 점차 멀어지기도 하고 반대로 우리의 침대 곁으로 슬그머니 다가온다고 믿고 있습니다 그것은 과연 그렇습니까

그러면 선생은 누구의 형제입니까 지금 이곳에서 우리가 느끼는 슬픔과 분노와 공포는 누구의 목소리입니까 새가 날아와 앉으면 나뭇가지는 흔들리지요 작은 소리를 내며 부러지기도 합니다 그러나 새가 떨어지는 것을 본 적이 있습니까 대화를 원한다면 다가가서 대화를 하세요 큰 의미는 없습니다 시계가 멈추면 우리는 어떻게 합니까 걸어가서 시계 밥을 줍니다

길가에 물새 알이 떨어져 있는 것을 보았습니다
통찰해봅시다
강 건너에서 어미 새가 울고 있는데요
통찰해봅시다
이 밤이 지나면 어미 새의 슬픔은 누구의 것입니까
통찰해봅시다

오로지―불과하다는 결론에 도달하기 위해
오로지―불과하다는 처음에 도달하기 위해

당신은 당신과 음식을 나눈 적이 있습니까
당신은 당신의 침대에 떨어진 빵조각을 누구에게 주었습니까

오랜 세월 저는 낮 동안에 떠오른 모든 생각들을 메모지에 옮겨 적었습니다 술에 취하기 전에 제가 떠올렸던 잡생각들은 무엇이었습니까 취한 뒤에는 그것들이 한 미치광이에 의해 창밖으로 마구 던져지는 것을 보았습니다

선생은 재능이 없어요 선생은 선생보다 느린 노새에 올라탔고 날이 새도록 고집을 부리는 쪽은 누구입니까 만일 선생이 남다른 재능을 가지고 났다면 이렇게 이십 년 넘게 쓰는 일을 반복할 리가 있겠습니까

새에게 물어봅시다 어디서 날아오는 거지?

……당신은 당신에게 끝없이 민폐를 끼치면서도 죄송합니다, 하고 사과를 해본 적이 있습니까

새가 날아가면서 선생에게 뭐라고 합디까

……사과를 받고 싶습니다 당신은 당신 자신을 매우 뻔뻔한 사람이라 여기고 있어요 돌아섰습니다 더 이상 당신은 당신의 친구가 아니에요 외로워서 울게 될 겁니다 울어보세요 당신은 당신에게 버림받았잖아요

'……구덩이 속의 남자는 모든 것이 끝났다고 믿었다 자신을 집어삼킨 진흙구덩이도 부러진 척추도 갈증도 이 세계에 존재하지 않는 것들이라고 믿었다
지금, 여기, 진흙구덩이가 있고 진흙을 두 손으로 움켜쥔 남자가 쓰러져 있다면, 그것은 쥐들이 꾸며낸 이야기, 밤새도록 갉아대는 소리, 다락방의 거짓일 뿐이다, 라고 그는 믿었다……'

나뭇가지들이 바람에 흔들리는 소리를 들었습니다
통찰해봅시다
이 언덕 저 언덕에서 나무들이 신음하는데요
통찰해봅시다
저 죽어가는 나무들의 주인은 대체 누구입니까
통찰해봅시다

오로지—불과하다는 결론에 도달하기 위해
오로지—불과하다는 처음에 도달하기 위해

저는 악마가 심판대에 오르는 것을 한 번도 본 적이 없습니다 악
마는 심판을 받지 않아요 그가 이 지상에 집을 짓고 있다고 생각하
십니까 악마는 집을 짓지 않습니다 이 칠흑 같은 밤에…… 우리가
어떻게 내려갑니까

그러면 선생은 누구의 자식입니까 우리는 이상한 말을 계속해서
중얼거릴 수도 있고 고개를 숙인 채 밤새도록 음탕한 노래를 부를
수도 있으며 웃으면서 파괴되는 얼굴로 사창가의 여인들에게 마음
의 상처를 입히고 또 물어뜯긴 채 당장에라도 쫓겨날 수 있습니다
선생은 누구의 회한입니까 용서를 원한다면 다가가서 용서를 구하
세요 큰 의미는 없습니다 발밑의 사자가…… 선생에게 자고 가라고
합디다

'……술에 취해 집으로 돌아가던 한 남자가 자신의 키보다 몇 배

220

나 깊은 진흙구덩이에서 죽은 채로 발견되었을 때는

　십이월의 얼어붙은 달이 구덩이 속을 찬찬히 들여다보고 있을 때였다

　마른 진흙이 얼룩 강아지처럼 묻어 있던 남자는 발바닥에서부터 척추를 타고 올라오는 통증도 부릅뜬 눈에서 번갯불이 일지도 않았으며

　거친 숨소리로 가득했던 진흙구덩이도 잠자는 우물처럼 고요하기만 했다'

먼저 제목에 대해서. 원래는 불어지만 영어식으로 읽으면 '컬더색'이다. '막다른 골목' 혹은 '절망적인 상황'을 뜻한다. 이 시의 정황이 그렇다. "술에 취해 집으로 돌아가던 한 남자가 깊은 진흙구덩이 속에서 가까스로 눈을 떴을 때(⋯⋯)" 이런 상황에 처해 있는 그 남자에게 시인은 질문을 던진다. '당신은 ─한 적이 있습니까?' 혹은 '당신은 ─하였습니까?' 이 질문은 권유의 형식을 갖기도 한다. "통찰해봅시다." 이 시의 대부분은 바로 그런 질문과 권유, 혹은 그것들을 보조하는 문장들로 이루어져 있다.

그 문장들을 두루 수습해보건대, 시인은 지금 남자(어쩌면 독자 혹은 시인 자신)에게 '당신은 당신 자신과 진실하게 대화해본 적이 있는가?' 혹은 '당신의 삶은 당신 자신에게 얼마나 진실했는가?' 하는 물음을 스스로 던져보라고 말하고 있다. 무엇을 위해서? "오로지 ─불과하다는 결론에 도달하기 위해". 그 생각이 진실하게 진행된다면 대개 '─에 불과했다'는 형식의 결론에 도달할 수밖에 없다는 것. 그러니까 자기 생의 한계를 뼈저리게 인식하게 될 것이라는 것. 결국 ─에 불과한 생이었구나, 하는.

이렇게 요약되는데, 그렇다고 이 시의 목적이 훈계에 있는 것은 아닐 것이다. 차라리 이 시는 이 중요한 물음을 구덩이에 처박혀 죽어갈 때나 되어야 진지하게 묻는 존재가 바로 인간이라는 사실에 대한 탄식에 가까워 보인다. 생각해보면 '자기 자신에게 진실하기'는 이 시인의 가장 중요한 테마 중 하나다. 이 테마와 관련해서 이 시에서 가장 재미있는 문장은 아마도 "당신은 당신에게 끊임없이 민폐를 끼치면서도 죄송합니다, 하고 사과를 해본 적이 있습니까"일 것이다. 그렇군, '자기 자신에게 진실하기'의 반대말은 '자기 자신에게 민폐 끼치기'였군.

황병승
1970년 서울 출생.
2003년 『파라 21』 등단.
시집 『여장남자 시코쿠』 『트랙과 들판의 별』.

할로윈 무도회

황 성 희

패리스의 첫 남자가 궁금해? 회색의 방문 앞을 서성이는 독고 준. 싫은 건 싫다고 말하렴. 승복의 입에 돌을 넣고 꿰매는 빨간 모자. 옥수수 낱알 위로 검은 피를 흩뿌리는 바스키아. 알리바바와 40인의 김신조, 아직도 못 읽었다고? 널브러진 흑백의 시체들 따라 롱 테이크. 아리랑이 삽입되자 킬빌의 닌자들 발끈 솟아오르고. 상투 하나 잘랐을 뿐인데 어제는 벌써 옛날이 되다니. 예를 갖추라. 물렁물렁한 캔버스 방패 삼아 나타난 달리. 단단한 채로 썩고 싶다는 거겠지. 고뇌와 기만 사이 납작 갇힌 채. 어찌 이토록 아무 문제 없사올지. 길동 읍소하며 가로되. 율도를 세울 명분을 주옵소서. 그때, 아버지 한복 가다마이로 고쳐 입고 나타난 모던보이. 윙크하는 그에게 제대로 된 인사 가르쳐주마 화장실로 부르는 단재. 두루마기의 실용성을 밝혀주고 말겠다는 다산. 발음이 수상쩍다며 모던보이를 신고하자는 독수리 훈련병. 나만 졸졸 비춰줄 미러볼을 원하는 것은. 확성기 높이 쳐든 레지스탕스. 반역입니다. 모조리, 깡그리, 다 이름 붙여버릴 거야. 담요로 태양을 가린 채 해변의 모래알 세고 있는 개구리 왕눈이. 꿈조차 사실로 만들어버릴 거야. 마릴린은 숨이 턱에 차 뛰어든다. 늦었다고 걱정 말아요. 도무지 끝날 줄 모르는 파티. 알몸이면 어때. 어서 같이 흔들어요. 이 텅 빈 여백 천지 속. 뭐라도 되어 길이길이 남아보자고요.

어떤 할로윈 무도회의 풍경이다. 본래 축제란 '즐거운 혼란'이다. 이 시도 '즐겁다'고 말하고 있지만 그 속뜻은 반대인 것 같다. 전형적인 아이러니의 언술이다. 이 무도회에, 여러 종류의 이질적인 코드들이 시대착오적으로 공존하고 있기 때문이다. 다산 정약용과 단재 신채호 등이 형성하는 전통적이고 주체적인 것의 계열, 이승복과 김신조, 독고준(최인훈의 『회색인』) 등이 형성하는 냉전적인 것의 계열, 패리스 힐튼과 마릴린 먼로, 혹은 달리나 바스키아로 이루어지는 문화적인 것의 계열 등등. 이것들은 차례로 개화, 식민통치, 냉전, 분단, 탈이념, 대중문화 등의 키워드로 요약될 한국 현대사의 온갖 국면들을 시대별로 표상한다.

그러나 시 안에서는, 흔한 말로 '비동시적인 것들의 동시성'을 증명하듯, 모든 것이 뒤죽박죽으로 섞여 있다. 이 할로윈 무도회는 오늘날 한국사회의 축소판일까? 혼란스러운 난장판을 묘사해놓고 시인은 거꾸로 "이 텅 빈 여백 천지 속"이라는 구절을 써서 시 전체의 아이러니 구조를 완성한다. '너무 많지만 아무것도 없다'는 것.

시 곳곳에 시인이 배치해놓은 의미심장한 진술들도 잘 음미할 일이다. "상투 하나 잘랐을 뿐인데 어제는 벌써 옛날이 되다니."는 근대의 맹목적인 속도를, "어찌 이토록 아무 문제 없사올지. (……) 율도를 세울 명분을 주옵소서."는 탈이념 시대의 정신적 공허를, "나만 졸졸 비춰줄 미러볼을 원하는 것"은 현대인의 나르시시즘을 비판적으로 겨냥한다…… 이런 식이다. 저널리스트적인 현실비판 감각을 래핑rapping처럼 쏟아지는 문장들과 자주 결합하곤 하는 이 시인의 개성을 잘 보여주는 또 한 편의 시.

황 성 희
1972년 경북 안동 출생.
2005년 『현대문학』 등단.
시집 『앨리스네 집』.

2010 현장비평가가 뽑은 올해의 좋은 시

지은이 | 강성은 외
펴낸이 | 양숙진

초판 1쇄 펴낸날 | 2010년 7월 15일

펴낸곳 | ㈜현대문학
등록번호 | 제1-452호
주소 | 137-905 서울시 서초구 잠원동 41-10
전화 | 516-3770
팩스 | 516-5433
홈페이지 | www.hdmh.co.kr

ⓒ 현대문학 2010

값 9,000원

ISBN 978-89-7275-466-4 03810